타인의
메세

타인의 미래

최해수
연작소설

아르띠잔

차례

Intro

2035년 3월 12일 월요일 오전 6시. 일찍 집을 나섰다. 오늘은 크리스털이 한국에 도착하는 날이다. 당분간 눈코 뜰 새 없이 바쁠 것이다.

지난주 금요일, 본사는 한국 지사장에게 크리스털이 한국으로 갈 것이니 잘하라 전했다. 지사장은 눈알을 뒤룩뒤룩 굴리며 당황한 기색을 감추지 못했다. 인사상무는 전 직원 미팅에서 지사장이 발표할 사항을 임팩트 있게 작성하라고 했다. 내가 누구야! 그럴 줄 알고 준비해뒀지. 전 직원 미팅을 공지했고, 그 미팅이 바로 오늘 오전, 10시다.

"에, 뉴스에서는 기업이 기업하기 힘든 세상이라고 매일 떠들어댑니다. 그게 거짓이 아니에요, 여러분! 삼성을 비롯한 통신, 반도체 등의 유명 기업들이 10년 전에 다 해외로 내뺐습니다. SKT 같은 통신사도, 정부에서 통신비 할인 정책을 계속 요구하니까 더 이상은 못하겠다며 올해 해외로 이전하지 않았습니까? 1997년 IMF, 2008년 글로벌 금융위기, 2022년에 왔던 미·중발 금융위기가 끝난 지 불과 10여 년이 지났을 뿐입니다."

"에이씨, 또 지 하고 싶은 말만 하고 있네, 씨발."

임상무가 입안에 칼날을 문 듯 말을 뱉어냈다.

미팅을 시작한 지 20분이 지나도록 직원들은 아직 크리스털의 '크' 자도 듣지 못했다. 지사장이 뭐라 하든 아무도 관심이 없다. 가진 게 많으면 잃을 것도 많을 터. 이 상황이 가장 괴로운 건 지사장이다.

5년 전 미국 본사의 인원 감축 프로젝트가 시작되었다. 이름하여 '프로젝트 크리스털'. 당시 북남미 전역의 제조 공장 통폐합으로 생산직 37퍼센트가 해고되었다. 스마트팩토리가 전 세계에 도입된 게 20여 년 전인데, 스톤 인터내셔널에서 시행한 공장 근로자 해고는 사실 다른 기업에 비해 매우 늦은 변화였다. 회사의 효율성 제고를 위해 피할 수 없는 일이었지만, 직원들 생각이 같을 수야 없지 않나. 파업에 직원 자살까지 미국 본사가 들썩들썩했다. 하지만 구조조정 덕분에 그해 당기순이익이 220퍼센트 신장되었고, 회계연도 마감 후 지급된 인센티브는 사상 최대치를 기록했다. 남겨진 자들의 분노는 사그라들었다. 동료 한 명이 줄어드니 얻는 소득이 커진다는 것을 경험하자 동료들의 작은 실수도 용납하지 않고 들추어내는 문화가 자리 잡았다. 회사가 나서지 않아도 직원들끼리 긴장을 촉진하고 지속적인 해고를 야기하며 생산성이 향상됐다.

그로부터 2년 후 크리스털은 유럽으로 건너갔다. 유럽 역시 일정 반경 이내에 중복되는 공장을 우선적으로 통폐합했다. 통폐합해서 줄어든 생산량에 따라 직원을 해고하는 대신 기존의 3교대를 유지하면서 직원의 교대 전환율을 낮췄다. 근무 시간이 줄어 소득이 줄어든 부분에 대해서는 유럽 국가의 고용보험으로 일부 충당하였고, 나머지 차액은 회사가 일시 지급하여 보상했다. 단, 앞으로도 근무 시간은 더 줄어들 수 있다는 사실을 인지하고 동의한 직원에 한해서였지만. 그렇게 지급한 인건비가 잉여 공장을 매각하면서 발생한 자산 매각 금액의 1퍼센트도 안 되었다. 스마트팩토리는 여전히 논외

다. 원재료를 제외한 생산원가인 인건비가 말할 수 없을 정도로 낮다는 뜻이다. 다시 말하면, 기계만도 못한 단순노동을 제공하는 인간들이란 말씀.

지난해에 아시아에서 가장 높은 성장률을 기록하던 싱가포르와 대만에 크리스털이 상륙했다. 한국이 제외된 것을 보고 지사장은 자기가 잘한 덕분이라며 공치사하기 바빴고, 그동안 직원들 상당수가 조합에 신규 가입했다. 생각 있는 직원들은 이직을 했는데, 인사팀에서 관리하는 A급 인재가 절반 이상이었다.

대만에서의 허리케인급 구조조정에 해고된 직원 중 60퍼센트에 해당하는 사람들이 소를 제기했고, 마지막 한 명의 이슈까지 마무리했던 인사담당 임원은 프로젝트 실패 책임을 지고 회사를 떠났다. 대만 지사장은? 프로젝트 초반에 인사담당 임원이 이미 목을 잘랐다. 본사와 대만 지사 경영진과 합의된 비용 안에서 프로젝트 크리스털이 성공리에 마무리되면 인사담당 임원이 연봉의 두 배에 해당하는 인센티브를 받기로 했다더라, 하는 소문이 공공연히 회자되었다.

프로젝트 크리스털 런칭 미팅엔 본사 태스크포스팀 외 한국에서는 임상무와 나만 참석했다. 보통의 글로벌 프로젝트에 '아랫것'들도 참여시켜서 회사가 어떻게 돌아가는지 분위기를 알게 해야 한다는 임상무가 이번만은 신중했다.

"니 미팅 콜 받았재?"

임상무는 자료를 요청해올 것이다. 나는 스톤 인터내셔널 최근 15년간의 직원별 나이, 직급, 급여 및 현금성 복리후생, 노동조합 가입 여부, 연간 성과 평가, 거주지 및 가족관계 등의 정보를 포함한 개인정보와 헤드카운트, 운영비, 매출액, 영업이익률, 당기순이익, 매년 성장률 추이 등 회사 성장지표를 포함한 데이터와 한국 지사를 이끌었던 지사장과 각 조직의 리더, 그들의 리더십에 따라 움직였던 성과지표까지 준비해 두었다.

◇

임상무 호출이다.

"그래, 니가 뽑은 리스트는 누구누군데?"

애국정책

정호진(45), 서울시 용산구 동부이촌동

기호의 아내는 이제 고작 마흔하나다. 게다가 이제 막 초등학교에 입학한 딸이 있다. 손이 많이 갈 시기이고, 한편으로는 점점 대화가 통하기 시작해서 아이 키우는 재미에 폭 빠질 때다. 그런데 아이를 두고 세상을 떠나다니. 불현듯 TV에서 떠들어대는 애국정책 뉴스와 캠페인이 떠오른다. 아니길. 아니겠지, 아닐 거야. 불길한 생각을 애써 떨친다.

기호와 나는 같은 대학의 산악회 동기다. 대학에서 가장

인기 없는 동아리지만, 아무도 찾지 않는 동아리를 지켜내자며 우리는 특유의 동지애를 쌓아가고 있었다. 뭉근하게 흐른 땀을 뒤로하고 산 정상에 올라 세상을 내려다보는 순간만은 공통된 해방감을 느꼈다. 대학 때부터 팀을 짜서 시도하지 않으면 병신 인증한다는 스타트업 창업, 해본 적 없다. 좔좔 외운 멘트에, 있는 박력 없는 열정 다 꺼내는 대기업 면접에서 온몸을 불살라 얻는 인턴 한 번 못 해본 용자들이다. 공부 잘하는 것 소용없다면서도 여전히 대학에 따라 취직의 서열이 결정되고, 결혼은 용감한 로맨티스트들의 소유물이 된 사회에서 딱히 뛰어나지도 않은 머리와 평범한 집안을 가진 우리 둘은 산 위에서만큼은 지구에 남은 유일한 인류인 것처럼 행세하며 밤을 노래하고 술을 불며 세상을 평정하였다. 기호와의 추억은 태어나 처음으로 선물받았던 향수 존 바바토스 아티산의 향기처럼 각인되어, 언제든 상기할 수 있는 청춘의 편린이다. 그런 나의 해방구이자 일탈인 친구 기호의 아내가 떠난 것이다.

센드뎀(send them)을 실행한다. 앱을 실행하자 망자와 상주 정보가 노출된다. 아, 이런. 망자의 사진 위로 노란 훈장이 달려 있다. 앱에서 제공하는 몸의 실루엣에 맞춰 상주와 인사를 나눈다. 망자의 사진 앞에 향 또는 국화 한 송이를 놓기 위해 QR코드를 인식하여 결제를 하고 분향을 한다. 앱을 통해 향냄새가 퍼진다. 4D 장례라니. 아무리 세상이 변했다 해도 이게 뭔지. 스마트 기기로 전해져 오는 향냄새가 역겹다. 잠시 상념에 빠져 있는 사이, 다른 조문객들이 그새 국화를 많이 놓아두었다. 조문하기 버튼을 누른 뒤 앱에서 제공하는 테두리에 맞춰 다시 몸을 인식시켜 절하고, 우측에 있는 기호를 향해 몸을 틀어 상주와 맞절을 한다. 맞절 후 '어떻게 이런 일이. 힘내라, 기호야'라는 디폴트 인사말을 보내니 '와줘서 고맙다'라는 식상한 답이 왔다. 쓰벌. 친분 관계와 무관하게 얄팍하게 변해가는 대한민국의 풍습에 토악질이 날 것 같다.

화면을 스와이프하여 식당 공간으로 전환해본다. 식당 테이블마다 기호 아내의 '친구1', '친구2', '직장 동료', '대학 동기', 'MBA' 등으로 관계의 얼개가 그려져 있다. 망자를 기억하는 이보다 사회적 관계를 유지하고 있는 이의 관계가 더 중시되는 것 같아 미간이 찡그려졌다. '친구1'을 터치해보니 같은 아파트에 사는 엄마들 모임인가 보다. 얼굴들을 보니 연신 스마트폰을 내려다보고 주위를 살폈다가 머리를 맞대고 속닥거리기를 반복한다. 쫓아내고 싶은 비둘기 떼 같다. '친구2'는 아마도 중학교 혹은 고등학교 친구들인가 보다. 제법 젊어 보이는 얼굴들인데, 인원수가 많고 짐짓 슬픈 얼굴을 하고 있다. '직장 동료' 테이블에는 회사원이 맞을까 싶을 정도로 앳

타인의 미래

된 얼굴의 여직원부터 표정도 대화도 없이 밥만 먹는 젊은 남
자 동료들이 대부분이다. 기호네 회사 상사인 듯 연신 오지랖
을 떠는 이가 하나 있는데, 눈이 찢어지고 속눈썹이 짧은 대
신 바짝 말려 올라가 눈빛이 예사롭지 않다. 그래서일까, 웃고
있는데도 거부감이 드는 인상이다. 그 옆엔 표정 없는 서른
후반쯤 돼 보이는 여자가 팀 동료인 듯한 사람들과 낮은 소리
로 이야기하며 앉아 있다.

'대학 동기' 테이블에는 이미 많은 친구들이 와 있었다. 스
마트폰에 저장되어 있는 친구들이 표시되고, 그렇지 않은 친
구들은 얼굴만 보이는데 오랜만에 봐도 다 알아볼 친구들이
다. 보이스타이핑을 선택하고 친구들을 향해 인사했다. 친구
들로부터 "왔구나" 하는 디폴트 인사말이 온다. 모두 핏기 없
는 안부 인사를 나눈다.

음식 버튼을 눌러 육개장과 황탯국 중 황탯국을 선택했다.
새로운 메뉴로 파스타도 있는데 적응이 안 된다. 이렇게 적응
불가한 장례음식 문화를 어떤 새끼가 주도하는지, 이렇게까
지 해서 돈을 벌어야 하는 건지 화가 난다. 밑반찬은 추가 비
용 없는 기본으로 선택한다. 10분도 채 지나지 않아 상째 집
으로 음식이 배달됐다. 식사를 하면서 얘기를 하다 보니 모두
가 믿을 수 없다는 듯 격앙된 표정으로 갑론을박을 펼친다.
납득이 1그램도 허용되지 않는 장례식장에서 소리 낮춘 분

노의 음성이 머리를 울린다. 지들이 당장 겪을 일이 아니라고 쉽게 말하는 것 같아 심사가 뒤틀린다. "호진이 너는 할 말 없냐, 새꺄. 니가 기호 베프잖아." 고개를 들어 말한 새끼를 찾아본다. 호연이다. 친구들이 마시는 소주를 보니 나도 간만에 소주가 확 땡겨 식사에 끼워 주문할걸, 하고 후회한다.

　정부는 10여 년 전만 해도 지속적으로 증가하는 노령인구 복지를 위한 자본 확충에 힘썼다. 장기요양보험요율을 인상했고, 신복지정책금융공단을 추가로 설립하여 사회보험을 기존 네 개에서 다섯 개로 확충했다. 근로자는 국민연금요율보다 더 높은 요율의 실버보험료를 납부했는데, 지금 당장 노령의 부모님을 부양해야 하는 중장년층으로부터 두터운 지지를 얻었다. 하지만 실버보험공단의 정책을 지지하는 중장년층이 빠른 은퇴와 기업의 체질 개선으로 인한 실직을 피하지 못하면서 2, 30대가 오롯이 보험 부담을 지게 되었다. 그들로부터 노령인구 복지법 반대운동이 일어나면서 대법원에 실버보험공단의 적법 여부를 묻는 청원이 시작됐다.
　이 과정에서 정부는 노령인구의 과반수 이상이 기본적인 생활 유지가 가능한 연금을 수령하고 있고 나름의 노후 준비도 돼 있어, 되려 증여세를 납부하지 않는 방식으로 자녀나 손주를 대상으로 현금을 축적하고 있다는 사실을 직시하였다. 노령인구의 복지를 위해 지속적으로 예산을 쏟아부어야 하는지 국내외 전문가 컨설팅 과정을 거쳐, 현존하는 노령인구는 현재의 자본으로 충분히 감당이 가능하며, 향후 자연적으로 인구가 감소할 것임에 틀림없다는 확신을 얻었다. 따라서 앞으로는 노령인구의 증가를 애당초 차단하는 정책을 입법하기로 하였던 것이다. 그래서 나온 것이 40~60대 이내의, 앞으로 곧 노령인구가 될 인구수를 줄이자는 웰다잉 정책이다. 예를 들어 3대 암, 척추장애, 중증장애, 인지장애 등 신복지정책금융공단에서 정한 아홉 개 고위험군 질병 항목에 해당하고, 그 상세 질병을 적법한 병원 및 요양기관을 통하여 인증받으면 정부에서 인간의 존엄적 안락사를 무료로 집행해 줄 뿐만 아니라, 3억 원의 보험료를 지급한다는 정책이다. 그것이 국민이 110세에 사망한다는 전제하에 지급해야 하는 각종 보험료와 노인 일자리 창출을 위한 사회적 비용에 비해 효율적이라는 계산이었다.

이 정책을 안정적으로 도입·운영하기 위해 정부와 언론은 강력한 원보이스(one voice) 정책을 시행하였다. 아이들은 웰다잉 인구가 꾸준히 늘고 있다는 뉴스를 들으며 자랐다. 아이들의 인식 속에 웰다잉은 우리나라를 짊어지고 나아갈 세대인 그들을 위한 기성세대의 헌신이자 애국으로 자리 잡았다. 그래서 노란 훈장을 받은 어른이 있는 집의 아이는 이것을 무척 자랑스럽게 여겼다. 마치 대통령 훈장을 받은 것처럼 말이다.

자신들을 위한 복지가 여전히 사라지지 않았다는 기쁨을 눈치 보며 누리게 된 노년층과 가장 많은 사회보험료를 납부하기에 언제쯤 웰다잉을 신청하는 것이 명퇴처럼 득이 될는지 한두 번은 계산기를 두드려본 중장년층, 중장년층의 장기 집권으로 본인들의 일자리가 없다고 볼멘소리를 하는 청년층, 웰다잉이 낳은 웰빙족 우리 아이들이 묘한 줄타기를 하며 한 지붕 아래 살아가고 있는 이 형국이 나는 간혹 살벌하게 웃긴다.

앱의 화면을 좌측으로 스와이프한다. 친구들의 조문 누적액이 막대그래프로 보이고, 그 금액에 매칭펀드라고 기재된 걸 보니 기호 아내가 최근 홍보된 프로그램에 신청한 모양이다. 계산 구조를 보니 받기로 한 보험료 3억 원을 초과하는 부의금에 대해 매칭하는 구조다. 그러니까 부의금이 4억 원이 들어오면, 국가에서 지급하는 보험료 3억 원과의 차액인 1억 원만큼을 국가에서 추가로 지급한다는 것이다.

과연 부의금으로 3억 원을 넘기는 집이 있을까. 사람의 목숨 가지고 장난질을 해도 정도껏 해야지. 이 사실을 기호의 아내는 정확히 알고 있었을까. 언제부터 남은 자의 영속이 품앗이였던가. 죽음 값을 매칭받기 위해 조문객은 더 많은 부의금

타인의 미래

을 납부해야만 하고, 그렇게 해서 남겨진 가족이 살아갈 수 있을 정도의 목표 금액을 달성했을 때 비로소 안도할 수 있는 처지. 서로 안도감을 주는 사이. 단돈 만 원이라도 3억 원을 넘기자는, 죽음을 둘러싼 우리의 안간힘이 애달프다. 하지만 그렇게라도 하지 않으면 웰다잉을 신청한 그녀의 죽음이 더욱 허무하지 않은가. 아무래도 안 되겠다. 나도 속에서 천불이 나는데, 기호 이 새끼는 어떨까. 장례식장으로 급히 차를 몬다.

이런 씨……. 진짜 아무도 없네.

텅 빈 조문실에서 스마트폰을 내려다보며 앉아 있던 기호는 나를 보자 놀라 벌떡 일어나더니 이내 바닥에 털썩 주저앉아 어린아이처럼 엉엉 울기 시작했다. 기호의 등에 한 손을 올리고 기호의 아내를 본다. 웃고 있다. 찾아오는 이 하나 없는 이별의 공간. 이 어둡고 차가운 공간이 과연 내가 마주할 미래가 아니란 법이 있을까.

실제 장례식장은 식사 공간까지 합해도 이제는 사라진 공중전화 박스 세 개를 붙여놓은 정도. 정부에서 변화하는 시대의 흐름에 따라 비용을 절감하고, 또 1인 가구도 미리 죽음을 대비할 수 있는 장례 문화를 선도하겠다며 4D 장례앱을 배포하겠다고 했을 때, 사람들은 웃기지도 않는다는 반응으로 시큰둥했다. 장례는 무릇 직접 얼굴을 맞대고 슬픔을 나누며 위로를 전하는 것일진대, 앱이라니. 청년들은 기술 변화가 주도하는 전통과 문화의 변화는 당연한 흐름이라고 여겼지만, 중장년층에서는 그걸 누가 쓰겠느냐며 귓등으로도 듣지 않았다. 이런 분위기에서 정부가 4D 장례앱 센드뎀을 제대로 홍보도 하지 못하고 어물쩍하고 있는 사이, 실제로는 호상이면 "다 늙어 돌아가신 분, 어차피 살아 계신 친구분들도 안 계셔서……", 악상이면 "뭐 좋은 일이라고……" 하면서 시나브로 가상 장례를 치르는 비중이 늘기 시작했다.

장례앱 출시 2년 만에 장례의 78퍼센트가량이 센드뎀으로 치러지고 있다는 기사가 나왔고, 현실이 이러하니 상조보험, 장례물품, 음식 배달업체 등이 몰리면서 자본이 쏠리자 보건복지부가 장례앱의 업그레이드를 주도하여 그야말로 입이 떡 벌어지는 성능을 보유하게 됐다. 디지털 묘비나 고인의 디지털 영상 앨범, 고인의 실제 목소리로 듣는 유언까지 가능해졌다. 살을 부대끼며 살던 사람을 다른 세상으로 보내는 절차가, 사람과 사람의 이별이 이렇게 얄팍하고 가볍게 변질된 것에 죄책감을 느낀다. 아무리 세상이 바뀌어도 그렇지. 순간 돌아가신 어머니가 떠올라 가슴이 더 찢어질 듯했다.

울음이 잦아들자 기호는 소주나 한잔하자며 나가자고 했다. 장례식장에 상주랑 조문객이 마실 소주 한 병이 없다며 너털 웃는 기호를 보자 내 울음이 터져 그치질 않았다. 기호는 장례앱에 자동조문 기능을 설정하고는 나를 앞세워 밖으로 나왔다.

장례식장 근처 막창집으로 오니 손목의 스마트밴드가 삑삑댔다. 건강 이력에 따라 술은 소주 2/3병, 막창은 먹지 말고 계란찜을 먹으라고 추천한다. 스마트밴드를 확 풀어 갖다버리고 싶다. 억하심정으로 소금막창, 양념막창 일 인분씩에 소주도 한 병씩 주문한다. 소주 한 잔 털어 넣고 막창 몇 개 집어 먹으니 아니나다를까 스마트밴드의 빨간 경고 서클이 빙빙 돌면서 삑삑 경고음을 울려댔다. 그러자 주변의 젊은이들이 '지금 제정신이냐', '요즘 아저씨들이 저래서 안 돼요', '웰다잉에 전화는 안 하시나' 하는 눈빛으로 바라보았다. 다들 스마트폰을 들고 있는 걸 보니 어디다가 해시태그를 걸고 있겠지. #무개념아저씨, #신복지정책금융공단은뭐하나요저런거안잡아가고. 참아야지. 입 밖으로 욕이라도 튀어나오면 스트레스성 정신장애로 기록이 남는다. 씨발, 닥치고 먹어야지.

"웰다잉을 신청할 수 있는 자격 요건에 우울증은 없었어. 그런데 언론에서 그렇게 떠들어대도 자발적으로 죽겠다는 인간이 적었는지, 아니면 젊은 애들 요즘 취직도 안 하고 취업률이 바닥이어서 예산 확보가 안 돼서 그런가, 지난달 하반기 추경예산 통과하던 시점에 우울증을 포함한 것 같더라고. 우울증뿐만 아니라 공황장애도 들어갔단다. 근데 정말 웃긴 건, 우울증이나 공황장애 진단받은 날로부터 10년이나 유효해. 이 정도면 나라에서 대놓고 웬만한 사오십대는 제발 죽어주세요, 하는 거 아니냐? 이거 만든 정치인들부터 제발 모범 좀 보이고 웰다잉 좀 하시지. 안 그러냐? 흐…… 흐흑…….”

목구멍에 털어 넣는 소주가 달았다. 들숨에 눈물을 참고, 날숨에 소주 털어 넣기를 반복했다.

“연수 엄마 회사에서 일 잘하기로 소문난 강단 있는 여자였어. 그런데 직장생활하면서 좀 상처가 있었어. 그 일 아니었으면 언감생심 나 같은 놈이 만나기도 어려운 여자였지. 결혼 날짜 잡고 회사를 그만두겠다고 하길래 상처를 극복한 게 아니었구나, 여전히 아파했구나, 좀 늦게 깨달았지. 결국 회사 그만두고 연수도 바로 낳았고…….”

기억난다. 기호 이 자식, 딸이 나왔는데 자기를 닮아서 큰일이라고, 예쁜 애엄마를 닮아야 하는데 어떻게 하늘은 자기를 닮은 딸을 주실 수 있냐며 흥분해서 전화했던 일이 바로 어제 일처럼 스쳐 지나갔다. 좋아 날뛰던 그때가.

“연수 낳고 산후우울증이 심했어. 뭔가 고통이 가중되어서 이겨내지 못하는 것 같은 느낌, 좀 얼이 빠진 느낌이랄까. 감정이 아예 없는 것 같더라고. 근데 나는 연수 걱정에 애엄마 자격이 없다고 속으로 원망을 많이 했어…….”

타인의 미래

감정이 북받친 기호가 의자에 맥없이 얹혀진 무릎 위에 손을 얹고 고개를 푹 수그리더니 감춰지지 않을 울음을 쏟아 냈다.

"사실 나 잊고 있었어. 무슨 말인지 알아, 호진아? 내가, 내가 다 잊고 있었다고. 애엄마가 겪었던 일들, 연수 낳고 우울해하고 있던 거. 씨발, 너만 힘든 거 아니야, 나도 회사에서 살아남겠다고 용쓰느라 힘들다고! 얼마 되지도 않는 돈 좀 벌어다준다고 내가…… 혜정이가 힘들어 하던 일을…… 다 잊어버렸어. 그래도! 내가 암만 그랬어도! 이 거지 같은 나라가 애엄마 산후우울증이었던 이력으로 웰다잉을 신청할 수 있게 하는 게 말이 되냐? 이게 나라냐? 아니다…… 내가 죽일 놈이야…… 내가…… 연수 엄마…… 혜정아……. 혜정이가 일하고 싶다는 말도 안 하고, 어디 놀러가고 싶다고도 안 하고, 그저 집에서 삼시세끼 밥 차려 먹고, 애 키우는 낙으로 사나보다 했지. 나야 늘 집에 늦게 들어갔으니까……. 그래도 명색이 외국 기업 부장인데 씨발……. 자기는 사는 게 더 이상 의미도 없고 미련도 없다고, 연수한테 지금보다 더 좋은 교육시켜주라고 남겼더라, 웰다잉센터에……. 나한테 남기는 말은…… 없더라고."

목구멍에 불타는 타이어가 꽉 들어찬 느낌이었다. 아저씨 둘이 꺽꺽대며 울기에는 장소가 적합하지 않았다. 마음 편하게 상주의 슬픔을 풀어낼 장소가 없다는 것이 너무나 안타까웠다.

"기호 너, 왜 스마트밴드 없나? 연수 엄마도 없었어?"

"응. 우울증 진단받은 이력으로 공단에서 계속 스마트밴드 착용을 권했는데 애엄마가 끝까지 거부하더라고. 3대 암 아니면 필수 착용은 아니고, 보험료 할인받는 것뿐이라면서 싫다고 하기에, 내심 나도 속 편하다 그러고 있었지. 스마트밴드 있었으면 애엄마 웰다잉 신청하는 거 내가 막을 수 있었을까?"

후회가 담긴 기호의 눈빛을 차마 바라볼 수가 없어 시선을 거두었다.

웰다잉 정책이 생각보다 높은 실효를 거두지 못하고 있다는 사실이 미디어를 타고 흘러나오면서 문제점이 제기되고 있었다. 애들이야 사상을 주입시키면 된다 해도, 내년에 있을 대선에는 결국 최대 인구인 중장년층의 표를 셈하지 않을 수 없지 않나. 건강보험료 누적금액을 바탕으로 진료를 많이 받기 시작하는 나이와 성별을 파악하면서, 그 인구의 해당 질병을 분석하여 모수가 큰 질병 대상자를 웰다잉 신청 가능 대상에 추가하는 게 틀림없었다. 양말 한 켤레를 구입해도 개인정보 제공 동의가 밥 먹는 것처럼 당연한 이 세상에서, 나를 목표에 두고 나이, 질병, 보험료를 물고 늘어지며 끊임없이 광

타인의 미래

고를 보내오는 그들의 그물망을 어찌 피해갈 수 있단 말인가. 특히 삶에 특별한 보람이나 재미를 느끼지 못하고, 고소득자도 권력층도 아니어서 끊임없이 주거비용과 자녀 교육비, 온갖 세금을 감당하며 살아내야 하는 사람들이 웰다잉 정책에 흔들리는 건 어찌 보면 당연한지도. 오죽하면 이제 마흔하나, 아이 엄마가 세상을 포기한단 말인가.

(TV 뉴스)

정부의 국가 부양 정책에 따라 10년째 시행되고 있는 웰다잉이 전 국민의 전폭적인 신뢰와 지지를 얻으면서, 훈장을 수령하는 인구가 폭발적으로 증가하고 있습니다. 전 국민 대상 설문조사에 의하면, 직계가족 중 웰다잉 훈장을 수령한 적이 있는 경우가 36퍼센트에 달했으며, (중략) 정부의 제도에 강력한 지지를 보내고 있습니다. 서울 여의도에 나가 있는 김국한 기자 만나보겠습니다…….

"씨발, 웃기고 있네! 니들이나 애국해라, 씨이발!"

기호가 갑자기 소리치자, 가게 주인과 종업원들이 우리 둘을 벗겨 먹을 기세로 노려보았다. 주변을 둘러보니 그 많던 손님들은 온데간데없고 우리 둘뿐이었다.

＊

   띵동. 센드템에 알림이 떴다. 고인 김호연. 기호 아내 장례 앱에서 만났던 동기다. 웰다잉 따위 만든 인간들 쳐죽여야 한다고 목에 핏대 세워 갑론을박하던 호연이의 영정 사진에 훈장이 달려 있다. 이놈의 훈장이 없으면 이젠 이상할 지경이다. 조문을 마치고 쇼핑앱의 상품을 보듯 늘어선 옆방의 망자들을 살핀다. 채팅방 같은 네모 상자에 한 칸씩 들어앉은 망자들. 스물일곱, 서른둘, 많아야 오십대다. 갓 서른 넘은 아가씨 조문실 아래 신문기사 하나가 링크되어 있다. 조문객 0. 너무하네, 정말. 도저히 그냥 지나칠 수가 없어 조문하기 버튼을 실행한다. 조문실을 지키는 사람도 없고, 자동조문 기능 설정도 없다. 야트막한 웃음이 비친 사진 속 얼굴은 서른 즈음이라고는 보이지 않을 만큼 어려 보인다. 그녀 앞에 국화 한 송이 올려두고 목례를 한다.

   젊은이들은 자꾸 죽어나가고, 부모 세대는 자손이 납부한 복지 예산으로 삶을 연명하며 마음껏 웃을 수도 없는 삶을 영속하고 있다. 그러다 쓸쓸히 아무도 모르게 세상을 떠나겠지. 우리 엄마처럼.

학교에 다녀온 아들이 호들갑을 떨며 말한다.

"아빠, 우리 반에 엄마가 훈장을 받은 친구 영도 아시죠? 이번에 영도 아빠랑 결혼 안 한 삼촌이 동시에 웰다잉 훈장을 받았어요. 정말 대단하죠! 이번에 영도 유학 간대요. 가족들에게 보답한다고 생물화학 전공하겠대요. 그렇게 빨리 진로도 정하고 유학까지 떠나다니, 정말 대단하죠? 하, 저도 빨리 진로를 정해야 할 텐데. 아빠, 나중에 영도 만나러 미국 가도 되죠?"

아이도 아니고 어른도 아닌, 변성기를 지나고 있는 아들의 갈라진 목소리가 내 영혼을 갈라놓는다. 가늘고 긴 삶을 갈구해야 할지, 영예로운 훈장을 받는 삶을 추구하여 아들에게만은 영웅이 될 것인지 결정해야 할지도 모른다. 머지않아.

최저 임금님, 감사합니다

김아영(25), 성남시 중원구 성남동

안녕하세요, 여러분.

스톤 인터내셔널 정규직 판매사원 김아영입니다.

고등학교 졸업을 앞둔 여러분을 보니 감회가 새롭네요. 저는 요즘 학생들이 여전히 공부에 매달리는 거 보면 정말 안타까워요. 인생은 공부로 결정나는 게 아닙니다. 근데 왜 아직도 많은 학생들이 공부에 매달리는지, 꽃다운 청춘을 왜 그렇게 허비하는 건지 묻고 싶어요, 정말.

저는 애초부터 공부에 관심이 없었어요. 솔직히 공부만 관

타인의 미래

심이 없었겠어요? 하고 싶은 것도 없고, 되고 싶은 것도 없고, 뭐 그랬죠. 그런데도 부모님, 선생님, 옆집 아줌마, 이모도 아닌데 이모로 불러야 하는 엄마랑 친한 친구 엄마 등등 어른들은 저를 보면 모두 물었어요. 너는 뭐가 되고 싶냐고. 뭐 하는 사람이 되고 싶냐고. 어떤 사람이 되고 싶은지 네 생각을 말해보라고. 생각나는 대로 편하게 얘기하라고. 그래서 귀찮은 마음에 생각나는 대로 편하게 선생님이요, 연예인이요 하고 대답하면, 왜 선생님이 되고 싶냐고 또 물어요. 뭐야, 편하게 아무 대답이나 해보라더니 이제는 왜 그런지 근거를 대래. 그래서 생각하는 척 좀 하다가 그냥이요, 하고 말하면 어른들 정색하면서 그냥이라는 건 없어, 이유를 말할 줄 알아야지, 라고 말하죠. 그때마다 속으로 꼭꼭 씹어 삼키죠, 이 말.

아이고 정말, 작작 좀 해라! 이 어른들아 진짜!

(관중 웃음) 네, 맞아요! 맞아요! 정말 그래요!

진짜 답답해요. 그런데 꿈을 강요하는 어른들보다 더 답답한 건 아무 생각 없이 공부하는 애들이에요. 지금이 어떤 세상인데 엉덩이에 땀이 차도록 앉아서 공부를 해요. 전자 인간들이 1분만 공부해도 우리가 하루 종일 한 것보다 나은데, 어찌 따라가냐고요. 여러분, 여기 아이큐 300 넘는 사람 있어요?

크크크. 없어요!

　제가 초등학교 때 예중을 가겠다고 엄마한테 미술학원을 보내달라 했어요. 근데 세상에! 그때 당시에 동네 미술학원이 주 3회에 70만 원인 거예요! 입시 코앞에는 미술학원에서 살다시피 하고 학원비도 200만 원이 넘고요. 우리 집이 뭐 갑부야? 무턱대고 보내달라고 했다가 엄마한테 욕만 먹을 것 같아서, 미리 엄마 설득할 연습을 했어요. 왜 그거 있잖아요, 지킬 앤 하이드처럼. 알죠, 지킬 앤 하이드? 아이고~ 이거 조용한 거 봐. 책 좀 봐요, 책!

　크크크. 책 볼 시간이 어디 있어요~.

　맞아. 요즘 책 볼 시간이 없긴 없다. 여튼, 그거 있잖아요. 박사도 됐다가 괴물도 됐다가 하는 그 사람. 엄마도 됐다가 제가 됐다가 막 변신하면서 연습을 했어요. 엄마 미술학원 좀 보내주세요~. 내가 뭐 때문에 너한테 투자를 해야 하는데?

　우와~.

어라? 이거 내가 말을 너무 잘하는 거라. 설득이 되는 거예요. 이거, 엄마가 설득당해서 미술학원 가라고 하겠는데? 그래서 가만 따져봤더니, 정말 예중 가려고 하면 이제부터 진짜 밤을 새워가며 지겹게 그림을 그려야겠더라고요. 그렇게 해서 대학 간다는 보장도 없는데, 돈 쓰고 시간 쓰면서 그림 그리느라 고생할 거 생각하니까 아찔하더라고요. 하지 말자. 가뜩이나 요구하는 것도 많고 귀찮은 인생, 쉽게 가자 싶었어요. 대단한 욕심도 없는 삶인데 큰돈 들여 미술학원 갔다가 성과가 없으면 그 원망을 어떻게 감당하겠어요. 그래서 미대 가겠다는 꿈은 접고, 적당히 졸업한 뒤에 눈높이를 팍 낮춰서 일자리를 찾기 시작했어요.

여러분 제가 하고 싶은 말은, 직장 너무 따지지 말라는 거예요. 여러분 서운대 갈 수 있어요? 연소대는요? 그런 거 아니면 너무 따지지 말고, 정말 겸손한 자세로 여러분에게 기회를 주는 곳에서 다양한 경험을 쌓으라 이야기하고 싶어요. 부끄럽지만 저는 집 앞 일반계 고등학교를 320명 중 200등으로 졸업했어요. 취직을 하려니 갈 데가 있었겠어요? 스마트폰 대리점, 할인마트 시식 알바 등 닥치는 대로 하는 거예요. 따지긴 뭘 따져. 부잣집 공부 잘하는 애들이나 따지는 거야. 우리는 그냥, 그들보다 낮은 계급이야! 그냥 인정해. 괜찮아. 우리는 그 뭣이냐, 2000년대 우리가 태어나기도 전에 개봉한 〈설

국열차〉라는 영화 알아요? 우리는 그냥 거기 맨 끝에서 바퀴벌레 잡아먹고 사는 사람들이라고 생각해요. 무슨 대단한 대접을 받겠다고 자존심 싸움을 해요? 그냥 낮은 데서부터 시작하면 돼. 괜히 힘 빼지 말고. 그런 데서 일하면서 한두 달 일하다 쉬고, 너무 짜증나고 힘든 데는 하루이틀 출근하다 만 곳도 있어요. 인간적으로 이건 정말 너무 심하다고 생각되면 길게 고민하지 말고 딱 접어야 돼요. 알겠죠? 그러다가, 아, 여러분 알바짱 이용해요? 거기가 좋아. 거기가 딱 우리한테 맞는 채용 공고가 많이 떠. 거기가 고졸 임시직, 파견직, 계약직 채용하는 회사들이 몰리는 곳이에요. 비슷한 애들이랑 경쟁하니까 선발될 확률이 높아요.

자, 지금부터는 면접 스킬 알려드릴게요. 일단, 거기 두 번째 줄 제일 끝에 앉은 여학생 나와볼래요? 이 학생 보세요. 의상이 아주 좋아. 단정한 스커트, 검정 구두, 촌스럽게 내린 앞머리.

우하하하!

아니, 왜 웃어요? 이래야 좋아해, 요즘 꼰대들은. 동서고금을 막론하고 이런 촌스러운 의상이 먹힌다니까. 특히 싼 티나는 흰 블라우스 아주 좋아. 사람이 좀 불쌍해 보이고 그래야 채용된다니까? 별로 내세울 것도 없는 애들이 얼굴 허옇게 화장하고 입술만 새빨개서 잘났다고 눈 동그랗게 뜨고 따박따박 말대꾸하면 꼰대들이 싫어해요. 좀 모자라 보이고, 얼빠져 보이고 그래야 그 뭐지…… 아, 그래! 측은지심! 애가 좀 그러네, 하는 생각이 들면서 보호 본능도 들고 해서 뽑아준다는 거예요. 알겠죠? 면접 갈 때 명품백 같은 거 들고 가지 말고. 행여 짝퉁 명품백도 들지 말고. 꼰대들은 그게 짝퉁인지도 모른다? 쓸데없이 허세남녀로 보일 필요 없잖아요?

면접을 가면 독하게 생긴 아줌마가 나오거나, 변태처럼 생긴 아저씨가 나오거나 둘 중 하나예요. 간혹 탈젠더인이 나오기는 하는데, 그게 더 어려워. 취향 저격하기가 힘드니까. 그리고 일회용 컵에 믹스커피라는 걸 줘. 믹스커피 본 적 있는 사람? 없죠? 마셔본 적은 더 없을 테고. 그게 요만한 캡슐에 커피가루, 설탕, 분말우유가 섞여 있는 건데, 저기 전통시장 같은 데 가면 팔더라고. 그런 걸 왜 아직도 먹는지 모르겠는데, 그걸 먹는 사람들한테는 막 쩐내가 나요. 일회용 컵에 그 믹스커피 캡슐을 녹여서 주면 역겹더라도 "어머, 감사합니다! 잘 마시겠습니다! 이게 바로 믹스커피죠? 꼭 한 번 마셔보고 싶었습니다!"라고 해야 해요. 자, 다 함께 연습해봅시다.

아하하하! 어머, 감사합니다! 잘 마시겠습니다! 꼭 한 번 마셔

보고 싶었습니다! 아하하!

여기서 조심할 것! 믹스커피 맛이 걸레 맛이에요. 그러니까 표정 관리를 잘해야 해. 오케이? 그렇게 해서 사무직으로 취직을 하면 개인용 책상을 줘요. 그리고 좀 오래된 사양이긴 해도 랩탑 하나씩 줘요. 근데 이건 케바케. 회사마다 사정이 다르니까. 보통 매장 판매직이면 자기 책상 같은 거 없고 내내 서 있어야 해서 힘들 것 같지만, 진상 고객은 교육받은 대로 처리하면 되고, 더 골치 아프면 윗사람한테 보고해서 넘겨버리면 되니까 편해. 사무직은 편하게 앉아서 일하는 대신, 보통 사장이 진상이에요. 직장 선배는 더 진상인 경우가 많고. 그러니까 매장 판매직은 어쩌다 만나는 진상을 사무직은 출근하면 내내 만나는 거지. 세상에 좋은 것만 있겠어요? 다 장단점이 있어요.

여러분 급여도 궁금하죠? 올해 최저 시급이 14,816원이에요. 옛날에는 연간 막 7~8퍼센트씩 올려줬다는데 최근 5년 동안 1~2퍼센트밖에 인상이 안 됐어요. 그래서 이걸 한 달로 계산하면 월 257만 5천 원 꼴이에요. 근데 여기부터 어렵다. 잘 들어요. 옛날에는 주 5일 일하면서 월급이 250만 원꼴이었대요. 지금 우리는 주 4일로 일하면서 교대 인력이 있으니까 근무 일수도 줄고, 그만큼 월급도 줄어든 거예요. 돈은 더 받으면 좋겠는데 주 5일 근무, 아우 어떻게 해! 여튼 월 소정근로시간이라고 있는데, 그건 일하는 날수로 계산하는 게 아니라 실제로는 일하지 않지만 일하는 날로 되어 있는 주휴일까지 포함해서 일하는 것으로 되어 있어요. 이런 걸 유급휴가다~ 이렇게 불러요. 이거 설명해줘도 지금은 몰라. 저도 처음에 들을 때는 몰랐어요. 그래서 다시 물어보려다가 설명해줘도 이해 못할 것 같아서 그냥 넘어갔어요. 요즘엔 법 어기면 기업들 사람 제대로 못 뽑고 난리나니까, 회사가 계약서에 되어 있다고 나와서 일하라고 하면 그냥 나가면 돼. 토 달지 말고. 까라면 까는 거지 별 수 있겠어요?

네~!

저도 맨 처음 회사 입사할 때는 주휴일이 뭔지, 최저 임금이 뭔지 설명을 들어도 못 알아듣겠고, 완전 속은 기분이고, 내가 호갱 같은 거예요. 거기다가 꼬박꼬박 사회보험 납부하고, 최근 뉴스에 엄청 나오는 실버 무슨 보험인지 납부하고, 주민세랑 소득세 납부하고 나면 남는 건 180만 원밖에 안 돼요. 우리는 이렇게 받는데, 회사 사장들은 34세 미만 청년을 채용한 대가로 정부로부터 연간 2천만 원 정도 지원금 받는다? 웃기죠? 그 지원금 우리한테 주라고 받은 거 아닌가요?

여튼, 이런 상황을 감내할 수 있다, 나는 가만히 앉아서 하루 종일 정신 이상한 진상들이랑 일을 하겠다, 하면 사무직이 적성이에요. 더 다양한 경험을 하면서 내 성격과 적성에 맞는 일을 꾸준히 찾겠다, 몸이 좀 힘들고 안정적이지 않아도 괜찮다, 하면 지치지 말고 계속 그런 일을 찾는 것도 필요해요.

저는 결국 후자를 선택했어요. 그래서 집에서 멀지 않은 AK플라자 식품 코너에서 시식행사 지원 알바로 시작했어요. 꾸준히 2년 했어요. 정말 열심히 했어요. 지각 안 하고! 이건 기본이야! 알았죠? 그리고 판매 여사님들한테 싹싹해야 돼. 2010년대 초반생들은 좀 괜찮은 거 같은데, 15년생 애들부터가 좀 이상해. 다 지들이 잘났대. 여러분은 그러지 마요. 니들은 안 늙을 줄 알아? 스물 중반 돼봐라, 몸은 점점 지쳐가지, 머리에 피도 안 마른 것들이 와서 들이대지, 아주 죽겠어요. 여튼, 싹싹해야 돼요. 인사 잘하고, 지각 안 하고, 시키지 않아도 주어진 일은 책임감 좀 가지고 하고! 누가 알아주든 말든 주어진 일 열심히 하다보면 기회가 와요. 저도 정말 20대 초반까지 불만만 많고, 일도 하기 싫었는데, 부모님한테 더 이상 기댈 수 없어서 내 화장품 값, 스마트 사용료라도 스스로 내자는 결심을 하고 일하기 시작했어요. 열심히 하면 누구든지 알아주는 거예요. 스톤 영업부 과장님이 저를 오래도록 지켜보시고, 그 회사에서 판매사원을, 그것도 정규직으로 채용한

타인의 미래

다고 지원해보겠느냐고 하셨어요.

와~ 멋있어요! 정말 대박! 럭키해요!

행운? 행운이라고 할 수도 있겠지만 저는 열심히 노력한 끝에 온 결과이기 때문에 이게 갑자기 뚝 떨어진 행운이라고는 생각하지 않아요. 스톤에 지원해보라는 이야기를 들었을 때 가장 겁났던 게 뭔지 아세요? 스톤이면 그 빨간색 봉투에 든 달콤한 밀가루, 반조리 식품……. 그런데 봉투에 써 있는 영어! 어머, 나 영어할 줄 모르는데 어떻게 하지? 두려워서 처음에는 지원하지 않으려고 했어요. 제가 만일 거기서 아니에요, 괜찮아요, 저는 지원할 수 없을 것 같아요, 라고 말했더라면 지금 여기서 여러분에게 취업 강연을 할 수 있었을까요? 저는 용감하게! 그 과장님께 물었죠. 영어를 잘하지 못합니다, 그런데도 지원할 수 있나요? 스톤은 유명한 외국 회사잖아요. 그러자 그 과장님께서 대답해주셨습니다. 여기 외국 사람들한테 물건 팔아요? 걱정 말아요, 아영 씨는 잘할 거예요.

와~!

네. 그때를 생각하면 지금도 눈물이 나네요. 여러분, 두렵다고 주저하지 마세요. 열심히 최선을 다하다 보면 기회가 옵니다. 실패하더라도 절대로 좌절하지 마세요. 또 도전할 기회가 옵니다. 언제든 나에게 올 기회를 잡기 위해서 해야 할 일은 첫째, 전자신분증 관리 잘할 것, 둘째, 나이스서비스(www.neis.go.kr)에서 생활기록부를 바로 송출할 수 있도록 미리미리 준비해두는 것입니다. 졸업하고 시간 좀 지나서 비밀번호 잊어버리고, 스마트폰 번호 계속 바꾸면서 인증 안 되고 그러면 정말 골치 아파요. 계약직은 바로바로 채용되기 때문에 조금만 늦으면 그 자리 바로 뺏겨요. 셋째, 신용 관리 잘하세요. 제가 스톤에서 합격 전화를 받았을 때 신용평가 조회를 위해서 금융거래정보 조회 권한을 요청받았거든요. 알바로 번 돈 흥청망청 막 쓰고, 전자통장 연체라도 있으면 어쩔 뻔했어요. 정말 아찔하더라고요. 여러분 절대 잊지 마시고, 노력 관리, 의지 관리, 신용 관리 잘하시기 바랍니다. 그렇게 하다보면, 알바만 하면서 어찌 올바른 사람 만나 결혼이라도 하겠냐고 걱정만 하시던 부모님이 어깨에 뽕이 들어간 채 동네분들한테 여러분 자랑하느라 여념이 없는 날이 올 것입니다. 이렇게만 한다면 요즘처럼 취업이 어려운 시기에도 좋은 기회가 있을 것이라고 자신합니다. 오늘 아침 일찍부터 오셔서 경청해주신 여러분 감사합니다!

타인의 미래

매일 출근하면 박스 까대기부터 한다. 비닐 포장된 제품을 꺼내다 손가락을 많이 베여 아예 작업용 장갑을 착용한다. 영업부 과장님이 손가락 밴드를 보더니 작업할 때 끼라고 회사 로고가 새겨져 있는 장갑을 갖다주셨다. 죽을 때도 끼고 죽을 거다. 박스마다 스무 개의 제품이 들어 있는데, 플레이버별로 까대기를 하고, 100, 300, 500⋯⋯ 용량별로 구분하여 꺼내다 보면 영업 시간이 임박해온다. 고객들이 많이 찾는 제품이고 매출도 많아 매장에서 눈에 가장 잘 띄는 위치, 눈높이에 맞는 진열대를 차지하고 있는지라 제품을 진열하고 판매할 상품을 올리기가 상대적으로 수월하다. 다소 힘든 건, 온라인 주문이나 자동정기결제 상품의 경우 다른 이커머스 기업처럼 물류창고에서 자동 출고되는 것이 아니라, 가까운 매장에서 일일이 포장해서 배송해야 한다는 거다. 엄마가 예전에는 영화관에서 팝콘 파는 사람, 표 예매만 하는 사람이 따로 있었는데, 지금은 키오스크가 다 한다면서 세상이 많이 변했다고 했다. 그러고 보면 우리 회사는 사람이 온오프라인 물건을 다 팔아야 하니, 나는 팝콘도 튀기면서 영화표도 팔고 포인트까지 적립해줘야 하는 상황? 휴, 생각만 해도 머리가 지끈지끈 하다.

사내 메신저가 울린다. 무역팀 권기호 부장님 배우자상. 오후 5시에 전원 장례 참여하라는 메시지다. 어머, 웬일이야. 권부장님 아직 젊으신 걸로 아는데. 센드템을 실행한다. 어머, 훈장받으신 분이네! 대단하다. 권부장님 아이는 좋겠네. 우리 부모님도 웬만하면 훈장받으면 좋겠는데. 내가 강요할 수도 없고. 그런데 나중에 뵈면 축하드린다고 해야 하나? 모르겠다. 아, 여기 디폴트 인사말 있네. 삼가 고인의 명복을 빕니다. 조문할 때 절은 두 번 반 하거나 목례하면 되고……. 나는 목례나 해야지. 에휴, 벌써 장례식엘 갈 나이가 되고, 나도 어른이 다 된 것 같네.

그나저나, 오늘 까대기해야 할 게 왜 이렇게 많아. 힘들어 죽겠네. 애들아, 공부 열심히 해라. 이 언니처럼 개고생하지 말고. 아고 손가락이야, 아고 다리야…….

정규직은 무슨 직업 이름인직?

김현숙(52), 서울시 중랑구 중곡3동

내 나이 서른다섯, 남편 나이 서른아홉에 아들을 하나 보았다. 금이야 옥이야 키웠으나 중학생이 되면서 암만 깨워도 일어나지도 않고, 10시에 간신히 일어나면 학교를 가네 마네 하고, 하고 싶은 것도 없고, 꿈은 당연히 없던 아들놈. 그래서 정신 좀 차리라고 일찌감치 군대에 보냈다. 가서 느낀 게 있는가, 제대하기 전부터 책도 읽고 뉴스도 보고 하더니, 전역 후 집에 와서 요즘 세상 돌아가는 이야기를 해준다. 플랫폼 기업이 어떻고, 공유경제가 어떻고, 이제는 전기차도 막바지니 차

를 사려면 그 뭐라나, 드론 같은 걸 사야 하고, 바이오 기업이
뭔 기술을 인정받았으니 돈이 있으면 그 주식을 사라는 둥 말
이 많다. 뭔 소린지는 모르겠지만, 자식놈이 어엿한 어른이 된
것 같아 기특하고, 자식들 인서울 대학 갔다고 잰체깨나 하던
친구들 하나도 부럽지 않다. 그런데 하나밖에 없는 아들놈 정
신 좀 차렸나 싶으니, 이제는 어디 취직해서 지 앞가림이나 할
지 그걸 걱정하고 있다. 애미 맘이 다 이런가 보다.

　나는 옆 동네 아가들 돌보는 베이비시터로 15년째 일하
고, 남편은 외국계 식품 제조 공장에서 10년째 연봉 4,800만
원을 받는 만년 부장이다. 최저 임금은 계속 오르는데 어째
당신 월급은 그대로요, 하고 물으면 자동화 공장이 판치는 세
상에 안 짤리는 게 어딘데, 하고 야무지게 대답해서 늘 본전
도 못 건진다. 가난한 살림에 야무지게 공부해 전문대를 졸업
하고 한 직장에서 30년째. 애가 한창 클 때는 턱없이 부족했
던 남편 월급이었는데, 지금은 그 나이에 일할 수 있는 것에
감사할 뿐이다.

◇

　무덥고 습한 여름날, 아들이 어인 일로 오늘은 같이 저녁

　　　　　타인의 미래

을 먹자며 가족 채팅방에서 말을 걸어왔다. 이놈이 주제에 웬 아가씨랑 사고라도 쳤나 짐짓 걱정하며 집에 가서 밑반찬 몇 개에 고등어자반 한 마리 구워 올리려고 하는데, 아들이 지 머리통보다 큰 수박을 사들고 집에 왔다. 근래 본 적 없는 자신감 가득한 목소리로 다녀왔습니다, 하고 인사를 한다. 어머, 이렇게 불안한 일이 다 있나. 정신없이 저녁상을 차린다. 남편도 애꿎은 발톱을 깎으며 슬금슬금 눈치를 본다. 딱 딱 똑. 아 그 신경 사납고만 거참.

저녁상에서 아들은 뜻밖의 취직 소식을 알린다. 어머나, 오늘은 고등어가 아니라 소고기를 구울 걸 그랬구나! 목구멍으로 시커먼 피가 솟구치듯 이렇게 미안할 수가 없다. 이렇게 살기 팍팍한 세상에 취직한 귀하디귀한 우리 아들. 대치동 학원은 텔레비전으로만 구경했고, 무슨 체험학습이니 과외니 그런 것 한 번 해준 적도 없는데. EBS 인강 들어야 한다고 하면, 그게 뭐라고 그리 비싸니 하면서 늘 한마디씩 했던 게 천추의 한이 된다.

그날 이후로 아들은 오후 2시에 나가 자정이 되어서나 들어왔다. 분명히 무슨 주식회사라 했는데, 요즘은 오전 9시나 10시 출근은 아닌가 보다. 뉴스에서는 이제 주 4일만 출근한다고 하는데 아들놈은 줄창 나간다. 아들 말로는 무슨 플렉시블인지 뭔지 씨부려 쌌는데, 여튼 그게 자기가 원하는 시간에 나가서 평일에 32시간만 일하면 된다는 거다. 그럴 거면 9시에 출근하고 일찍 오지 그러냐, 하니 아들은 "그게 그런 게 아녜요!" 한다. 늦게 오는 게 걱정은 된다만, 그래도 아무때나 원하는 때 일하면 된다니 세상 많이 좋아졌다. 그래, 너희가 살 세상은 엄마 아빠가 살던 세상보다는 나아야지, 암.

◇

어느 봄날, 내가 돌보는 약아빠진 네 살짜리 계집애가 뭐가 마음에 안 드는지 내 팔뚝을 야물차게도 물어뜯었다. 너무 놀라 나도 모르게 머리통을 쳐서 애를 떼놓았다. 그때부터 애가 지랄발광을 하고 우는데, 엄마 오라고 난리다. 마음 같아서는 호통을 치고 싶지만 그럴 수가 있나. 나는 아무 말 없이 청소하고, 반찬 만들고, 애들 학원 시간에 맞춰 그림자처럼 애들 따라다니며 학원에 잘 들어갔는지 봐주면 되는 파리 목숨이 아니던가. 늘 교양 있는 그 댁 사모님이 일단 집으로 돌아가라 하면서, CCTV 돌려보고 다시 연락주겠다고 했다. 전화기 저편에서 들려오는 우아한 냉정함이 귀 안에 고드름처럼 달렸다. 아뿔싸! 애 머리통 쳐서 떼놓은 걸 보겠구나. 이 동네에서 소문 한 번 잘못 나면 끝인데, 생각을 하며 맥이 탁 풀려 집으로 돌아오는데 웬 커다란 택배차 하나가 눈에 들어온다.

청년 하나가 어디선가 나타나 길가에 정차한 택배차로 뛰어간다. 청년은 운전석에서 내린 택배 기사를 도와 차에서 짐을 내리고 카트에 옮긴다. 택배 기사는 같이 물건을 옮기는 듯하다가 청년에게 이것저것 주문을 한다. 요새는 저렇게 둘이 일하는구나. 나이 들면 짐 나르는 것도 힘들 텐데 저 택배 아저씨한테는 도움이 되겠구먼, 하고 돌아서려는 찰나 그 청년이 내 새끼임을 알아보았다. 너 거기서 머허니, 하는 눈빛으로 바라보자 아들놈은 빤쓰에 똥 싼 놈마냥 눈알을 뒤룩뒤룩 굴리더니 카트를 끌고 택배 기사랑 어디론가 가버린다. 그날 밤 약속이나 한 듯 서로 아무 말도 하지 않았다.

다음 날, 애 초등학교 때 친했던 엄마들 모임이 있어 나갔는데, 요즘 세상 돌아가는 얘기로 수다가 끝이 없다. 나는 말할 기분도 아니다. 그런데 요즘 '게르만민족'보다, '로봇택배' 보다 더 신박한 서비스가 있다며 난리가 났다. 이름이 박기사라든가 박집사라든가. 나온 지 꽤 된 서비스라는데 나만 몰랐나 보다. 수수료 5천 원만 내면 무거운 물건도 들어다주고, 심지어 딸들 생리대나 담배 한 갑도 사다준다니, 거참 편리한 세상이다 싶다. 기분도 꿀꿀한데 나도 집에서 막걸리 먹고 싶은 날 두부김치 한 그릇 사온나, 하고 호사나 누려볼까 싶어 집에 오는 길에 앱을 설치하자마자 GPS로 현 위치를 검색하

더니 당장 심부름을 시켜달라고 알림이 울린다. 참, 신기하구
먼. 한 번 쓱 보고 앱을 닫으려는데 '우리 동네 박집사입니다'
라면서 멀쑥하게 잘생긴 청년들 얼굴과 나이, 이름이 눈에 띈
다. 아이고, 다 내 아들 같은 애들이네. 스물일곱 고현철, 스물
넷 한지원, 서른 살 김영호……. 아이고야, 니 엄마가 걱정깨
나 하겠다. 서른에 심부름이나 해서 운제 장가갈꼬. 오잉? 이
게 누꼬? 스물다섯 김도현? 우리 아들 김도현이? 우리 아들
도현이 니 맞나? 아이고, 아이고.

아들이 남편의 의료보험에서 빠져나가지 않고 있었음을
한 달이 지나서야 알았다. 아들은 이것을 아무렇지 않은 듯
여겼다. 계약직이어도 상관없다는 아들. 아니, 정규직은 꿈꿔
본 적도 없는 것 같았다. 일에 귀천이 있겠나 싶으면서도 내
새끼가 남편만 못한 삶을 살 걸 생각하니 속에서 천불이 났
다. 금쪽같은 내 아들의 인생이 이럴 거라고 상상이나 했겠나.
그 흔한 어학 연수도 한 번 못 보내줬다. 부모 잘 만났으면 좋
은 데서 공부하고 여행도 다니고 그랬을 낀데. 어디 가서 기
는 죽지나 않았는지, 연애는 해보았는지 미안하다.

그저 성실하게 살면 된다고 가르쳤고, 열심히 일한 만큼
바라야지 그 이상을 바라면 과욕이라고 가르쳤거늘. (그런데
내가 잘한 건지 당췌 모르겠다.)

내 새끼가 이렇게 측은할 수가 있나. 변변한 직장이 있는 것과 없는 것의 차이는 과연 뭐란 말인가. 내 아들의 미래는 있을런가.

제 짝을 찾아 사는 게 인생의 최대 목표는 아니더라도, 그래도 아들이 결혼해서 자식도 낳고 사는 모습을 봤음 싶었는데, 이 녀석 장가는 갈 텐가, 어느 아가씨가 올 텐가……. 운이 좋아 제 짝을 만난다 쳐도, 내 새끼가 이러니 며느리라고 별 다를까. 육십 다 된 남편 의료보험에 며느리까지 비엔나소시지처럼 줄줄이 매달아야 하려나. 남편이 저세상 가면 우리는 어떻게 될까. 얼마나 위험한 인생인지 내 깜냥으로는 알 수가 없다. 이럴 줄 알았으면 아들을 소시지 장인으로 키워, 콩나물국밥 자리에 호프집이라도 내줄 걸 그랬지.

김상훈(56), 서울시 중랑구 중곡3동

그런 날이 있어
갑자기 혼자인 것만 같은 날
어딜 가도 내 자리가 아닌 것만 같고
고갠 떨궈지는 날

그럴 때마다 내게

얼마나 내가 소중한지

말해주는 너의 그 한마디에

Everything's alright

(딸꾹) 천장에 매달린 번쩍거리는 공이 빙빙 돈다. 우리 도
현이보다 더 어려 보이는 아가씨들이 온몸이 도드라지는 옷
을 입고 (딸꾹) 노래를 한다. 춤도 참 멋지게 춘다. (딸꾹) 연예
인을 실제로 본 적은 없지만 꼭 연예인 같다.

"아우, 부장님! 그러니까 부장님 진짜 고생하는 거 내가
안다니까! 자, 진짜 고생 많았어요~! 사랑합니데이~."

"아, 상무님. (딸꾹) 예예, 감사합니다⋯⋯."

"이리 나오세요. 이 노래, 저희 한창 때 유행하던 그 뭐냐,
트와이스 노래 아닙니까. 크흐~ 진짜 마흔 초반 때 정말 좋지
않았습니까. 앉아 있지만 말고 노래 좀 같이 해요! 애들아, 니
들은 뭐 하나 오빠 안 모시고⋯⋯."

딸꾹질과 함께 목 아래까지 차오른 술이 역류해올 것 같
았다. 야들야들 부드러운 손을 가진 아가씨들이 잡아끄는 걸
떼어내고 화장실로 나왔다. 오줌을 누니 오만 데 다 튄다. 역
겹다고 생각하자마자 오바이트가 쏟아졌다. 아, 이런. 맑은 공
기를 쐬고 싶다. 주점의 가파르고 좁은 계단을 간신히 올라

타인의 미래

바깥으로 나왔다. 가로등 아래 피어 있는 목련이 단아하고 우아하게 빛난다.

으우에엑! 가로수 아래에다 또 한 번 먹은 걸 게워냈다. 지나가던 젊은 사람들이 나를 에둘러간다. 늙어도 곱게 늙어야지. 오바이트한 것을 사진 찍어 경찰청 민원 사이트에 올리고 과태료 자진신고를 한다. 한 번에 쉽게 안 된다. 도현이한테 마저 해달라고 해야겠다. 나중에 더 큰 망신당하기 전에.

아까 임상무가 뭐라 했지? 트와이스? 도현이가 학생 때 넋 놓고 좋아하던 아이돌이 있었는데, 걔들인가. 후후, 임상무는 확실히 나보다는 젊다. 아직도 이런 노래를 기억하는 거 보면. 내가 부를 수 있는 노래야 고작 안치환이나 김광석인데.

◇

이제 4년, 4년 남았다. 4년만 조용히 있다가 정년퇴직하면 옆 동네 경비 자리를 알아볼 계획이었다. 운이 좋아 근처 공장의 계약직 관리자라도 할 수 있으면 다행이지만, 자꾸 나처럼 나이 많은 사람이 일하면 우리 도현이 같은 애들이 기회를 잃는 것 같아서 기대하다가도 그만두곤 한다. 요즘은 최대한 저축을 많이 하면서 노후를 준비하고 있다. 그런데 이달 중반쯤에 회사에 변화가 있다며 지사장님이 전 직원 미팅을 소집

했다. 생산 공장이야 이제는 안정된 상황이니 우리 문제는 아닐 테고, 그저 전 직원 미팅이려니 생각하고 회의에 참석했다. 그런데 지사장이 다짜고짜 물었다.

"생산부장님, 이렇게 본사 미팅 와서 몇 시간씩 있어도 공장 잘 돌아갑니까?"

"예, 사장님. 그렇지요, 잘 돌아갑니다."

"그럼 부장님 없어도 잘 돌아가는 거네요? 공장에서 부장님 하시는 일은 뭡니까?"

지난 30년 인생, 그것도 10년간 급여 인상 없이 묵묵히 일해온 스톤 인터내셔널에서의 나의 삶이 송두리째 훼손당하는 순간이었다. 문득 4년이 남은 게 아닐 수도 있다는 생각을 하게 됐다. 아직 변변한 직장도 없는 도현이와 동네 애들이나 돌보는 도현 엄마를 위해 바보처럼 떠밀려 나오지는 말아야겠다고 다짐했다.

하지만 못 배우고 똑똑지 못한 육십 먹은 남자가 야심차게 날릴 짱이 뭐가 있을까. 뭘 한들 그게 위협이나 될까. 쑥스럽지만 조합 지국장을 찾았다.

"지국장님, 30년 가까이 여기서 일한 제가 욕심낼 게 뭐가 있겠습니까. 남은 정년만 잘 채우고 나갈 수만 있다면 바랄 게 없겠습니다만. 이렇게 필요할 때 불쑥 찾아와서 거 참 죄송합니다……."

타인의 미래

"아이고, 부장님, 가입하랄 때 좀 하시지……. 여튼 환영합니다. 일단 가입 신청서 쓰시고요, 조합회비는 이달부터 급여에서 공제될 겁니다. 인사팀에는 우리 사무국장이 연락할 겁니다."

"예, 잘 알겠습니다."

"집회나 조합 행사 있을 때 참석하시고요!"

"예예."

"부장님이니까 제가 와서 신청서 받는 거예요. 요즘 조합 가입한다고 하면 사무국장 시키지 제가 안 합니다."

"그럼요, 고맙습니다, 지국장님……."

◇

자식이라곤 덜렁 하난데 어째 우리 때보다 취직이 더 어려운 것 같다. 젊은 사람들 취직이 어려우니 나이 든 사람들이 적당한 때 그만둬야지, 머리로는 그렇게 생각했지만 세 식구 중에 고정적으로 소득이 있는 사람은 나 하나이고 보니, 회사 구조조정이라는 위기 앞에 고민이 되기 시작했다. 아직까지는 정당하고 충분히 욕심낼 내 권리라고 생각하면서도 속이 편하지가 않다. 나보다 젊고 돈도 많이 받을 것 같은 임상무는 안전한 걸까? 아직 애들이 홀로 서지 못한 가장들은 어떻게 해야 할까? 주변머리가 없으니 물어볼 사람 하나 없다.

그러던 와중에 임상무가 연락을 해왔다. 저녁식사나 하자며 본사로 올라오라고 했다. 심장이 덜컥 내려앉았지만 애써 담담한 척했다. 조합이 만능은 아니겠지만 여차하면 조합 사무실로 기어들어가 절대 나오지 말아야겠다는 구차한 생각을 하면서 임상무가 알려준 순댓국집으로 향했다. 빨리 본론을 말하면 좋겠는데, 소주를 한 병씩 비울 때까지 말을 빙빙 돌리기만 했다. 취기가 올라 마음이 조급해질 무렵 임상무가 운을 뗐다.

"부장님, 뭐허러 조합까지 가입하고 그러세요. 얼마 안 되는 월급에서 회비만 나가게. 그거 다 소용없어요. 회사가 망하게 생겼는데 거기 기어들어간다고 직원들이 살아남을 거 같아요? 다들 한 치 앞도 못 봐, 지들 인생을. 제 목이라고 안녕할 거 같아요? 네?"

임상무는 나보다 나이가 적다며 늘 존댓말은 하는데, 이게 존칭인 건지 하대하는 건지 늘 헷갈린다. 어쨌든 자신의 목도 안전하지 않다고 거침없이 말하는 모습에, 나한테 저런 패기가 있었다면 만년 부장 말고 이사쯤 달 수 있었을까, 하는 생각을 잠깐 했다. 아이고, 내 주제에 무슨.

"부장님, 우리 톡 까놓고 말해봅시다."

임상무가 가까이 얼굴을 대더니 목소리를 낮추고 하던 말을 계속했다.

"아들 있댔죠? 이름이 도현이?"

"아, 네……."

"지금 뭐 합니까?"

"최근 어디 취직을 하긴 했다는데……."

"하긴 뭘 해요! 내가 다 알아봤더니 그냥 일용직이더만. 일용직이 뭔지 알잖아요, 부장님? 부장님은 의료보험, 국민연금, 실버보험료 회사에서 절반씩 내주잖아. 근데 걔들은 없는 거야. 지들이 따로 지역 가입자로 가입해야 돼. 겁나 비싸. 그래서 가입을 안 하려고 기를 쓰는 거예요. 소득이 들쭉날쭉한데 그걸 어떻게 내? 우리는 그런 애들을 비정규직이라고 불러요. 비. 정. 규. 직."

비정규직. 네 글자가 가슴에 비수가 되어 꽂혔다. 임상무 자식은 몇 살이나 됐을까? 임상무 닮아 능력 있어 좋은 곳에 취직도 하고 그랬을까.

"아, 네……. 저도 그런 줄 최근에 알았습니다. 그래도, 아들놈이 제 몫을 다해 일하면 언젠가는……."

"아이고, 깝깝한 소리 하고 있네, 진짜! 부장니임~ 거 조합 가입한 거 탈퇴하세요. 괜히 아까운 회비 따박따박 내면서 조합 호갱 되지 마시고. 그동안 그렇게 가입하라고 했는데도 차일피일 미루고 가입 안 했던 거 내가 잘 아는데, 이제 가입

한다고 조합에서 아이고~ 부장님 환영합니다~ 이럽디까? 나중에 크리스털에 찍혀 나갈 때 걔들 나 몰라라 한다니까? 지국장 그놈, 그러고도 남을 냉혈한이라니까요? 몰라요, 지국장 스타일? 믿을 놈이 아니에요. 얼마 되지도 않는 월급에서 회비나 뜯기지 말고, 어서 탈퇴하세요. 진짜 부장님 생각해서 드리는 말씀이에요!"

"아 네……."

"허허, 거 참 말귀 못 알아먹네, 진짜! 부장님, 조합 탈퇴하세요. 그리고 도현이 이력서 보내세요. 저한테 살짝. 채널 세일즈 쪽에 자리 하나 만들 수 있을 것 같으니까 보내세요. 처음에는 부장님 월급보다야 못하겠지만, 몇 년 뒤면 급여 오를 테고. 아니, 아들놈 변변한 직장은 있어야 거 아니야!"

"네에? 아…… 네, 그러면 좋긴 하지요……."

술에 취해 어지러운 건지, 임상무의 제안에 머리가 어지러운 건지 모르겠다.

"그럼 오늘이 목요일이니까 월요일에 제가 출근하면 볼 수 있게 아들 이력서 하나 보내세요. 부장님 안 계셔도…… 흠흠…… 내가 거…… 도현이 잘 챙기겠습니다."

"……."

"크흐~ 이 집 순댓국 정말 최고 아닙니까? 역시 순댓국엔 이 집 오이지가 최고라니까! 부장님 한 잔 쭉 하십시다!"

타인의 미래

순댓국집에서 얼큰하게 취해 밖으로 나왔다. 3월 말인데 밤공기가 제법 차다. 코끝이 찡해지더니 콧물도 눈물도 한 방울씩 친구하자 달려든다.

"부장님, 여기, 여기! 여기 가서 단란하게 춤도 살짝 추고 스트레스 좀 풀어봅시다~."

"아이고 저는…… 됐습니다…… 이제 너무 취해서……."

"진짜 이 냥반! 안 되겠네. 여기 여기로 내려가세요."

하늘을 올려다보니 보름달이 하얗게 떠 있다. 도현 엄마는 애가 어릴 때 책을 많이 읽어줘야 한다면서, 저는 한글책을 읽어줄 테니 나보고는 영어책을 읽어주라고 했다. 내가 저보다 가방끈이 기니까 그리 해야 한다고. 되지도 않는 영어 발음으로 아들에게 더듬더듬 영어책을 읽어주었다. 그 덕분에 도현이가 크기 전까지 품에 안고 책을 읽은 추억이 있다. 거 제목이 뭐였더라. 키튼 풀 문*이었나…….

어린 고양이가 달이 너무 갖고 싶어서 달려간다. 계단에서 구르고, 풀숲을 헤치며 뛰고, 나무에 올라가면 달에 가까워질

---

* Kitten's First Full Moon by Kevin Henkes

것 같아 나무도 올라갔다. 올라가고 보니 나무 아래 연못에 달이 있었다. 그래서 연못으로 풍덩 빠졌던가. 결국 달을 갖지 못하고 지쳐 집으로 돌아온다. 그때 어린 고양이의 주인이 달처럼 동그란 접시에 달빛처럼 하얀 우유를 담아둔 것을 보게 된다. 고양이가 우유를 먹고 행복한 표정으로 잠드는 책이었다.

내가 가질 수 없는 것을 가지려고 애쓴 적 없다. 달? 달 같은 거 내 깜냥에 감히 욕심낼 수가 있나. 현장에서 내가 할 수 있는 일에만 최선을 다해왔다. 도현이가 제대하고 나서는 회사에서의 하루가 그 녀석의 하루를 좀먹는 것 같아 죄인 같은 마음이었다. 나에게 마음을 써준 임상무에게 고맙다.

암만 그래도, 암만 내 자식이어도, 내 자식 위해 다른 사람 기회를 빼앗을 수야 있나. 아무리 남들보다 덜 배웠어도, 그런 몰상식한 짓을 할 수는 없지.

Everything's alright
초라한 nobody에서 다시 somebody
특별한 나로 변해

You make me feel special
세상이 아무리 날 주저 앉혀도
아프고 아픈 말들이 날 찔러도

네가 있어 난 다시 웃어

아가씨들과 합창하는 임상무의 노랫소리가 아직도 귓가
에 쩌렁쩌렁 울리는 듯하다.

남부러울 것 없는 인생

소은영(64), 서울시 강남구 일원본동

세 살 연하인 남편이 쓰러졌다. 뇌졸중이란다.

생애 첫 염색을 했다. 그것도 셀프로. 아이들과 남편과 쌓아온 내 삶, 내 청춘, 그리고 나의 부모님이 촘촘하게 들어찬 나의 트레이드마크인 은발을 검게 물들이고 새로운 인생을 마주할 용기를 줄 수 있는 사람이 누구일지 며칠간 고민했다. 타인이 함께 있는 공간에서 극적으로 바뀔 변화에 내 마음이 어떻게 요동칠지 예측하기 어려워 결국은 셀프 염색을 결정하게 됐다. 여간 힘든 일이 아니었다. 그럼에도, 미용실에 가

타인의 미래

서 염색하지 않은 건 잘한 결정이었다. 거울 속의 내 모습을 보고 한동안 눈물을 그치지 못했기 때문이다.

30년 구독하던 『타임』지를 끊고 애플의 섭스크립션 서비스를 신청했다. 집 앞에 다니던 피트니스센터를 연장하지 않고 공원을 뛰기로 했다. 나는 예전과 달라져야만 한다.

◇

남편을 만나기 전 짝사랑했던 사람이 있었다. 지적이었고, 부드러웠고, 사려 깊은 사람이었다. 본격적으로 만나보자는 고백을 들을 거라고 생각했던 그날 밤, 홍대 앞 한 카페에서 그는 셰익스피어 작품 중 무엇을 가장 좋아하느냐고 물었다. 나의 소양을 시험하는 것임을 그 순간 명확하게 알아차렸다. 아직 다 읽지 못해 한 작품만 꼽기 힘들다는 나의 답변 뒤로 그의 태도는 확연히 달라졌고, 그 이후 그를 볼 수 없었다. 그날로부터 나는 셰익스피어, 찰스 디킨스, 헤르만 헤세, 괴테 등에 병적으로 집착했다.

남편은 짝사랑했던 남자와는 반대였다. 유쾌하고 사교성이 뛰어났다. 지적인 면은 글쎄. 하지만 남편은 나와 비교해 부족한 그의 인문학적 소양을 부끄러워하지 않았다. 대신 잘할 수 있는 일에 집중했고, 덕분에 돈에 있어서는 고민하지 않게 해주었다.

짝사랑 덕분에 읽기에 집착했던 나는 소장하고 싶은 책은 다 산다는 생각으로 책을 사고 읽어댔다. 아이들을 낳은 후에는 세계명작도 그냥 읽어주지 않았다. 『엄마 찾아 삼만 리』를 읽을 때는 이탈리아 지도를 꺼내 책에 나오는 지명을 일일이 짚어가며 읽었다. 마르코가 부에노스아이레스로 가정부 일을 하러 떠난 엄마를 찾아가는 과정을 대형 지도 위에 아이들을 두고 축약을 가르치며 읽어주었다. 마르코가 엄마를 찾아 일주한 거리는 지구 둘레의 70퍼센트라는 점을 아이들이 깨달을 수 있도록 수학적인 계산까지 염두하며 읽히고 지도 위를 걷게 했다. 걸을 수 없는 뱃길은 박스로 배를 만들어 타고 건너게 했다. 아이들은 마침내 마르코가 엄마를 만났을 때 펑펑 울었다.

외국어도 같은 방식으로 가르쳤다. 책 한 권도 꼼꼼하게 읽혔다. 지명이 나오면 그 나라에 관한 지식 책 중 아이들 수준에 맞는 책을 찾아 읽어주고, 들려주고, 또 읽어주었다. 그렇게 반복하자, 아이들은 새로운 주제가 나오면 그에 대한 지식 책을 스스로 찾아 읽었다. 집에서 할 수 있는 과학 실험도 꺼려하지 않았다. 차분한 딸들이어서, 오기가 보통이 아닌 딸들이어서 내가 이끄는 대로 잘 따라와 주었고, 사실 아이들이 너무 뛰어나 아이들을 키우며 내가 배운 것도 정말 많다.

아이들은 친구들의 이야기도 잘 들어주는 공감 능력이 뛰어난 아이로 자랐다. 중학교 진학을 앞두고, 아이들은 스스로 해외에서 공부하고 싶다고 했다.

처음으로 남편과 충돌이 있었다. 아이들만 보내는 것에 반대했지만, 내가 함께 가는 것도 반대했다. 처음으로 그의 수입에 대해 진지하게 고민했던 시기였다. 남편이 사업을 한다는 것은 알았지만 유통을 하는지, 생산을 하는지, 서비스업을 하는지 모른다는 사실을 깨달은 것도 그때였다. 사업에 있어서 다방면으로 박식하고 듣는 이야기가 많다보니 남편이 이것저것 다 하는 줄로 생각하고 살았던 모양이다. 생활비로 주는 돈이 늘 많다고 느꼈는데, 어느 날부터 조금씩 줄고 있음을 깨달은 것도 그즈음이었다.

"아, 애들 학비 대기 힘들구나?" 하고 남편에게 물었을 때 미안해하는 그의 표정을 보며 억장이 무너졌다. 늘 고마운 마음으로 살았으면서도, 이 동네에서 최고로 키워낸 내 딸들의 앞날이 막힌다고 생각하니 화가 났다. 이제 시작인데 여기서 엔진을 끌 수는 없었다. 전국 어디를 가도 눈에 띄는 아이들. 멈출 수 없었다. 오기가 생겼다. 아이들을 키웠던 노하우를 글로 써서 당시 유행하던 SNS와 블로그에 연재를 했다. 라이브 방송을 해달라고 요청하는 사람들이 많아 용기 내어 방송을 시작했는데 예쁜 선생님이라고 좋아해서 유명세를 탔다. 내가 거주하는 곳을 중심으로 20킬로미터 반경 내에서 과외가 빗발쳤다. 멀리 부산, 제주에서도 컨설팅을 해달라며 찾아왔다. 나의 경험을 팔아 우리 딸들의 교육을 지속하면 되겠다는 확신이 들었다.

아이들은 미국에 가서도 톱을 놓치지 않았다. 그럼에도 아이들은 여전히 외국어 실력에 차이가 난다며 그 갭을 줄이려고 애썼다. 아이들이 다방면에서 뛰어난 성과를 보여줄수록, 아이들의 성장을 뒷받침할 사교육이 따라붙지 않을 수 없었다. 방학을 맞아 딸들이 귀국할 때면 미리 등록해둔 학원을 통해 국내 최상위 대학 진학을 위한 준비는 물론이고, 미국 내 유수 대학 진학을 위해 SAT 수업도 병행했다. 아이들이 꼭 읽어야 할 한국 고전과 세계 고전은 세심하게 출판사를 선택하여 내가 먼저 읽고 난 후 아이들에게 읽으라고 추천했고, 시간이 부족하면 요약해서 시간을 줄일 수 있도록 해주었다. 시간을 아껴야 아이들이 더 많은 성장의 기회를 얻을 수 있기 때문이었고, 그것이 내가 해야 할 최소한의 지원이었기 때문이다. 쌍둥이라 최고의 강사에게 배울 수 없었는데도 방학에만 학원비로 3천만 원이 나갔다. 남편은 아이들의 성장을 보며 유학비를 마련하는 데 열심이었고, 나는 아이들과 아빠의 관계가 소원해지지 않고 아빠의 지원에 감사하는 마음을 갖

타인의 미래

도록 꾸준히 교육했다.

우리 쌍둥이 이루와 이리는 미국에서 대학을 졸업하고, 한 아이는 UN에서 일하고, 한 아이는 외교관이 되어 인도네시아에서 일했다. UN에 들어간 이루는 인도 IIT 공과대학을 졸업한 청년과 결혼해 스위스에 정착했고, 외교관이었던 이리는 프랑스인 셰프와 결혼해 스페인으로 이주했다.

아이들 교육비가 한창 들어가던 때 경제력으로 인한 심리적 압박이 있었으나, 그 역경이 있었기에 오히려 다른 아이들을 가르치는 경험을 쌓을 수 있었으니 그 또한 행운이었다. 하지만 시간이 흘러 내가 아이들을 키운 방식은 구시대적 유물이 되었다. 강의 요청이 들어온 지도 오래되었다. 누가 종이 책을 읽히냐며 힐난한다. 2020년대 초중반 epub 4.0이 나오면서 모든 책이 터치만 해도 영상과 음악을 포함한 기타 인터랙티브 미디어로 반응하게 되었다. 예전처럼 지도를 깔고 축약을 배우지 않아도 된다. 아이들은 더 이상 연필을 사용하지 않고 가상의 키보드로 타이핑을 한다. 많은 단어가 사라졌고, 눈으로 볼 수 있는 점 단위의 문자에 나의 감정 실린 목소리만 더해지면 자동으로 언어 타이핑이 되는 이모셔널 타이포가 상용화된 지 오래다. 그럼에도 문자 책을 쓰기로 했다. 남편 치료를 얼마나 해야 할지, 병원비를 얼마나 비축해둬야 할지 모르겠고, 내가 팔 수 있는 것은 잘 키운 두 딸이라는 브랜

드뿐이니 말이다.

제목 : 남부러울 것 없는 인생
부제 : 당신의 자녀도 국제기구 종사자와 외교관이 될 수
있다!

구글톡을 통해 아이들을 정기적으로 만나는 디지털라이
프는 강조하기로 했고, 킨더스쿨에 들어간 안아보지도 못한
손주들 이야기는 한국의 역사와 문화를 익히기 위해 매년 입
국하는 것으로 각색하기로 했다. 자랑스러운 딸들이 매월 각
각 백만 원씩 용돈을 보내오지만, 이 또한 조금 손을 봐야겠
다. 한 달에 삼백만 원씩 보내온다고 할까? 2년 후면 남편 앞
으로 지급될 국민연금이 약 백만 원가량이니 삼백만 원이 완
전 거짓말도 아니리라.

남편 병수발을 한 지 얼마 지나지 않았는데 염색한 흑발
사이로 다시 언뜻 하얀 머리가 모습을 드러내기 시작했다.

가슴이 아려온다.

글을 쓰는 손가락 마디마디도 그렇다.

이강우(61), 서울시 강남구 일원본동

"여보! 여보, 강우 씨!"

응, 나 여기 있어.

"강우 씨, 나 좀 봐. 내 말 들려?"

응. 들리지 그럼.

"강우 씨, 강우 씨! 어머, 어떻게 해! 여보세요, 여보세요, 남편이 쓰러졌어요! 얼른 출동해주세요!"

나의 고운 아내는 세 살 연상이다. 이제 고작 예순넷. 그런데 벌써부터 왜 이래. 안 들리나? 몸이 노곤하다. 자꾸 눈이 감긴다.

◇

나는 아내의 은발머리를 사랑한다. 그런데 최근 그 은발이 부쩍 나이 들어 보인다. 처음으로 누님 하고 아내를 불렀다. 깜짝 놀라는 아내의 얼굴에 묘한 표정이 깃든다. 움찔한 나. 장난이야, 장난! 아내의 은발을 보면 평생 가족밖에 모르시던 장인어른께서, 내 딸 평생 사랑하며 살아야 하네, 하고 말씀하셨던 표정이 떠올라 위축된다.

아내가 온다. 아내의 눈을 본다. 무섭다. 웃는 눈이 이렇게 무서울 수 있다는 걸 사람들은 알까? 타인을 꿰뚫어보는 힘이 있는 눈빛에 나는 여지없이 작아진다. 죄인이 된다.

"강우 씨, 오늘 기분 어때?"

응, 완전 좋아.

"기분 괜찮아 보이네."

꼬롬, 좋다니까!

"강우 씨, 내 머리 어때?"

무슨 짓을 한 거야!

"예쁘다고? 젊어 보이지? 열 살은 더 젊어 보이지?"

은영아…….

◇

우리는 대학 때 소개팅으로 만났다. 아내는 나에게 셰익스피어 작품 중 무엇을 가장 좋아하느냐고 물었다. 와, 이쁜데 지적이기까지! 그런데 나는 깡통이나 다름없으니 이를 어쩐다? 다행히 연극부 동아리에서 〈햄릿〉을 공연한 적이 있어 '햄릿'이라고 대답했는데, 그다음 질문이 더 가관이었다. 왜 제일 좋으냐고, 등장인물 중 공감되는 인물은 누구냐고. 오, 제발 거기까지. 마침 그때 기침이 나와 물을 마시면서 재빨리 화제를 돌렸다. 그런 질문을 받는 것 자체가 나의 수준을 높이는 느낌이긴 했지만, 죽자고 덤벼드는 건 내 스타일은 아니지. 여튼, 또래 여자애들의 철없는 소비주의에 질릴 무렵 아내의 우아한 지성미에 끌리지 않을 재간이 없었다. 게다가 아름답기까지 하시니!

"강우 씨, 오늘은 뭐 읽어줄까?"
요즘 세상이 어떻게 돌아가는지 모르겠어. 뉴스 좀 알려줘.
"짜잔~ 그럴 줄 알고 자기가 좋아하는 『햄릿』 가져왔지."
헉! 햄릿! 싫어!
"어머, 표정 봐. 정말 감동한 표정인데? 그럴 줄 알았어."
그거 싫어! 싫다고!
"자, 그럼 시작해볼까?"
악. 악. 악. 싫어.
"어머, 여보 왜 그래? 어디 불편해? 어머, 왜 이러지? 여보세요! 여보세요!"
내가 조금만 발버둥을 쳐도 아내는 어쩔 줄 모른다. 아픈 나를 감당할 수 없는 여자다. 비상버튼을 눌러 간호사가 달려오고 나는 주사를 한 대 맞았다. 기분 좋은 잠을 잔 것 같다. 알았다. 내 뜻이 통하는 방법을.

◇

　책을 엄청나게 읽던 아내는 딸들이 태어나자마자 눈도 겨우 뜬 아이들을 향해 온갖 이야기를 해주었다. 딸들은 엄마의 젖이 아닌 이야기를 먹으며 자라는 것 같았다. 세 살이 되자 아이들은 말을 제법 분명하게 하기 시작했고, 책을 수십 권씩 보았다. 아내의 노력 덕분이었다. 네 살부터 책을 읽고 한글을 쓰더니, 다섯 살에는 영어책을 읽고 쓰기 시작했다. 내 머리를 안 닮아 다행이라고 생각했지만, 그렇게까지 아이들 양육에 힘을 쏟는 아내가 이해되지 않았다. 나가서 뛰어놀아야 할 애들이 집에서 책만 보고 있으니 걱정이 되었다. 이런 일로 아내와 몇 번 다투었고, 그때마다 아내는 경멸의 눈빛을 쏟아냈다. 그 뒤로 무언가 가득 든 그릇을 두 손으로 들고 벌컥벌컥 마시는 꿈을 꾸곤 했다. 그 꿈을 꾼 뒤엔 영락없이 위축되고 아내에게 할 말을 줄이게 되었다. 결국에는 하고 싶은 말도 하지 못하는 바보 가장이 되었다.

　은영아, 은영아.
　"어머, 여보 나 보고 있었네? 뭐 필요한 거 있어?"
　은영아, 너는 나 사랑하니?
　"우리 여보 표정이 왜 그래? 배고파?"

은영아, 미안하다.

"왜 그래, 강우 씨? 어디 불편해? 여보세요! 여보세요!"

아내는 간호사를 불렀다. 간호사가 문제없으세요, 하며 병실을 나가자 아내는 한 번 더 보라며 간호사를 따라 복도까지 나갔다. 내가 또 발작을 할까 무섭다고 말하는 소리가 들렸다. 간호사가 다시 병실로 들어왔다. 그리고 기분 좋은 잠을 잤다.

◇

토지 지상권 문제가 걸려 있던 건물을 낙찰받고 한창 골치를 썩던 때, 박변호사를 찾았다. 박변이 단골 술집에 데려갔는데, 텐프로라 하기엔 다소 저급했고, 저급하다고 보기에는 꽤 점잖은 분위기였다. 박변과 얘기하면서 내가 선수들한테 걸렸다는 사실을 알게 됐다. 내가 건물을 낙찰받자마자 담보 가등기를 해뒀던 법인이 가압류 신청을 다시 하고, 그 일을 풀면 또 다른 압류를 거는 방식으로 나를 벗겨먹을 요량이었다는 사실을 알게 되었다. 건물 소유주와 가등기한 팀이 한 패라는 사실은 그 누구보다 야무지게 살아왔다고 자부했던 나를 한 방에 무기력하게 만들었다. 그동안 합법과 불법을 줄타기하며 번 전 재산을 투자한 건물이었다. 아내의 눈빛이 떠올랐다. 밤마다 벌컥벌컥 마셨던 그릇에 든 정체 모를 것의 맛이 입안에 맴돌았다. 세상에 그 맛이 존재한다면 그건 필시, 치욕의 맛이리라.

뱉을 수 없는 맛을 떨어내려 윗니로 혀를 긁고 다시 혀를 입천장에 문대고 있을 때, 문이 열리고 한 여자가 들어왔다. 제법 긴 쇄골이 먼저 눈에 띄었다. 그러고는 그 쇄골 끝을 이어 내려가는 가지런한 어깨선, 뽀오얀 피부. 시선은 곧장 탐욕스러운 혀로 바뀌어 그녀의 목선을 타고 올라가 입술에 올라탔다. 붉고 도톰한 입술, 포근하게 반짝이는 검은 홍채. 나는 자세를 고쳐 앉으며 팔을 소파머리 위로 올리고 다리를 꼬았다. 박변을 슬쩍 바라보았다. 박변은 다행히 다른 여자한테 관심이 있었다.

"이름?"

"이희진."

희진이 곧장 내 에르메스 벨트를 풀고 내 허리를 안는 상상을 했다. 그렇게 시작되었다, 희진과의 인연은. 아내는 아이들만 바라봤고, 희진은 나만 바라봤다. 집에서는 시시껄렁한 얘기나 하는 실없는 아빠였지만, 희진에게는 의지가 되는 남자였다. 아내는 나의 보살핌이 필요하지 않았고, 희진은 내가 보살피지 않으면 죽는 시늉이라도 했다. 희진은 사랑을 보챘고, 그만큼 내가 마시는 치욕은 줄어들었다.

◇

　"여보, 요즘 황혼 이혼이 줄고 있대. 이유가 뭐게? 혼인율 저하, 이혼율 급증. 20년 이상 같이 사는 부부가 혼인한 전체 부부의 19퍼센트밖에 안 된대. 대단하지? 그 나이 되어서 군이 뭘 이혼을 하고 그러나 싶기도 하고. 우리는 그 19퍼센트 안에 드는 거네. 그렇지?"

◇

　아내가 아이들을 유학 보내자고 했을 때는, 희진과의 사이에서 낳은 나의 셋째딸이자 세상에 없는 것으로 되어 있는 아이가 학교에 입학할 때였다. 아내가 아이들과 함께 미국으로 가겠다고 했을 때, 나의 외도를 알고 하는 말 같아 섬뜩했다. 그러면서도 한편으로는 아내가 끝까지 아이들과 함께 가겠다고 고집을 피워주길 바랐다. 온 가족이 미국이란 곳에서 공부를 하는 동안, 나는 이 불쌍한 아이가 자라는 삶 속에 제법 멋있는 진짜 아빠로 남아보리라 다짐하고 있었다. 하지만 쌍둥이만 떠나고 아내는 남기로 했다. 나의 외도를 정리해야 할 시점이라고 직감했다. 당시 경매받은 건물을 날리고 '바다이야기'로 재기에 성공했던 때였다. 바다이야기가 곧 문제가 될 것 같다는 박변의 조언을 귀담아듣고 미련 두지 않고 타인에게 양도했다. 그리고 비트코인에 몰빵했다. 희진에게 거주 비용과 양육비로 12억 원을 주었다. 희진이 매봉역 럭키아파트를 매입하고 인테리어하는 것까지 함께 해주었다. 그 집에 이사하는 날, 희진과 딸을 안아주었다. 집에 들어서지는 않았다. 우리는 쿨하고 깔끔하게 이별했다. 희진에게는 그 뒤로 연락한 번 오지 않았다. 벌써 오래전 일이다.

"우리 딸들 보고 싶다, 여보. 그치?"

그럼.

"너무 바빠서 한국도 못 오고……."

아무리 바빠도 아빠가 병원에 있는데…….

"여보세요? 어머, 자기야! 어디긴. 병원이지. 응, 아직 병원에 있어. 여보 잠깐만, 전화하고 올게……."

딸들을 한국으로 부르자고 했다. 아내는 어이가 없다며 핀잔했다. 당장 사위도, 얼굴도 본 적 없는 손주들도 불러들이라고 했다. 아내는 주책이라며 핀잔했지만 내심 나와 같은 마음이었을 게다. 구글톡으로 딸들과 오랜만에 화상통화를 했다.

"니 아빠가 요즘 왜 이러신다니? 나이 들었나봐. 너희들 보고 싶다고……."

"맘~ 니콜라스 휴가 못 내요. 저도 마찬가지고요. 아이들 학교도 지금 빠질 수 없고요. 내년쯤 한 달 정도 시간 내볼게요. But, I can't guarantee anything. 맘~ 대드~ 알러뷰. 바이 바이~."

괜히 부아가 났다. "뭐? dead? 아빠 따위 죽어버리라 이거 야?" 말도 안 되는 아재개그를 시전하고 아내 눈치를 봤다. 그런데 아내가 뭐라고 잔소리를 안 한다. 아싸, 이때다!

"내가 암만 일만 하던 아빠였어도 그렇지. 지들 공부하라고 돈 벌어다주고, 입혀주고, 먹여주고 했는데, 코빼기도 못 본 게 벌써 몇 년이야! 주변에서는 애들 잘 키웠다고 부럽다고 난리인데, 이런 속 빈 강정 같은 인생이 어디 또 있어? 뭐? 알러뷰? 얼어 죽을 알러뷰! 나한테는 그래도 된다 쳐. 하지만 암만 그래도 엄마한테는 그러면 안 되지! 나중에 늙어서 나랑 똑같이 살아봐라! 이 배은망덕한 것들!"

교양 있는 아내의 남편이니까, 미국에서 유명 대학을 나와 아주 중요한 일을 하고 있는 딸들을 둔 아빠니까 짐짓 교양 있는 체하며, 짐짓 돈깨나 있는 척하며 살아야 했던 인생. 갑자기 속절없이 추하게 느껴져 눈가에 눈물이 맺힌다. 그런데 벌써 잔소리가 나와도 여러 번 나왔어야 할 아내가 조용하다.

이거 적잖이 혼나겠는데 싶어 눈치를 슬쩍 보는데, 나를 째려보고 있던 아내가 나와 눈이 마주치자 대성통곡을 하며 울기 시작했다. 이럴 작정은 아니었는데.

◇

"여보…… 강우 씨, 내 말 잘 들어……."

응, 은영아.

"……자기 병원에 온 지 벌써 8개월째야. 생각보다…… 차도가 늦어. 그리고 자기도 알다시피 자꾸 후유증이 심해져서…… 퇴원을 못하고 있어. 자기…… 답답하지?"

응, 답답하네. 은영아, 너도 힘들지?

"이루, 이리 아빠…… 미안해. 솔직히…… 나 너무 힘들어. 정말 이러려고 한 건 아닌데……. 정말 너무 힘들어서 이제 못하겠어……. 나도 자기한테 짐 안 되려고 정말 열심히 산 거 알지? 애들 결혼 다 하고…… (흑흑) 이제 좀 편하게 즐기며 살아보나 했어……. 여보…… 강우 씨 미안해……. 정말 미안해……. (흑흑)"

병원에 온 초기에는 말하는 것만 불편한 줄 알았다. 생각하는 것이 말로 인출되지 않아 답답했는데 신체장애 때문인 줄은 몰랐다. 말초성 안면신경마비, 중추성 신경마비로 먹기,

말하기, 걷기, 눈감기 등이 모두 잘되지 않았다. 그런 증상이 있는 줄 나중에야 알았다. 시간이 8개월이나 지난 줄도 모르고 있었다. 기분 좋은 잠을 몇 번 잤을 뿐인데.

은영에게 미안하다. 미안해. 정말 미안하다고 말해야 할 사람은 나다. 그런데 이렇게 되고 나니 의지할 사람 없이 이제 혼자라는 생각에 두려워졌다. 희진과 셋째딸은 잘 살고 있을까?

화장을 고치고

이혜정(41), 서울시 양천구 목2동

더블 테이크. 열의 아홉은 내 옆을 지나치며 한 번 힐끗, 등 뒤에서 대놓고 한 번 더 힐끗 나를 바라본다. 열의 아홉은 남자다. 간혹 남녀 커플이 동시에 나를 더블 테이크하는 경우도 있다. 그럴 때면 여자는 팔짱을 풀고 신경질을 내며 혼자 가버리거나, 앙탈을 부리며 남자를 끌고 간다.

웃기지도 않네. 기분이 상하는 건 내 쪽이다. 특징 있는 얼굴은 아니다. 조금 작은 얼굴, 적당히 오똑한 코, 까만 눈썹. 때에 따라 냉정하고 차가워 보인다, 신경질적이다, 또는 너무

착해 보인다. 아주 간혹 색기가 흐른다고 원치도 않는 내 외모에 대한 평을 늘어놓는데, 한 번쯤 귀담아들어봄직한 이야기는 이 특징 없는 얼굴이 시시각각 다른 느낌을 준다는 정도랄까, 라고 말하면 거짓말이고, 나도 안다. 사람들이 나를 사진 찍듯 한 번 더 뒤돌아보는 건 얼굴과 다소 대조되는 긴 팔다리, 가느다란 몸에 어울리지 않게 제법 육감적인 가슴과 힙 때문임을. 어쩌겠어, 타고난 게 이런 걸. 더불어 워낙 까칠하기까지. 세상에 이런 매력녀가 또 있을까.

고등학교 때 체육 시간이 끝나고 들어와 교실에서 물병을 꺼내 마시는데 친구가 "나도 좀!" 하고 뺏어 먹으면 그 물은 다시 마시지 않았다. 같은 컵을 다른 사람이랑 나눠 쓴다는 거? 상상해본 적도 없다. 내가 입 대고 먹던 것을 다른 사람이 먹는 것도, 그 반대인 경우도 싫다. 물건, 사람, 세상의 모든 것에 예민한 잣대를 가졌다. 좋아하던 사람도 혹여 내 기준에 맞지 않는 행동을 하거나 내가 생각한 범주를 벗어난다면 슬쩍 피해 인연을 끊어버린다고 해야 하나. 예를 들어 아주 친한 언니가 있었다. 어린 시절 상처받은 일을 힘들게 털어놓았는데, 그 이야기를 다른 사람이 알고 나를 위로하려 들었을 때 나는 그저 슬그머니 그 자리를 피했다. 그후로 다시는 그들을 보지 않았다.

눈에 띄지 않는 걸 일생의 목표인 것처럼 하고 살았다. 단짝 친구와 조용히 다녔고, 선생님 말씀을 거스르지도 않았으며, 질문도 하지 않았고, 뛰지도 않았다. 혼날 일도 없었고, 칭찬받을 일도 없었다. 중학교와 고등학교에서 딱 한 명씩의 친구를 사귀었다. 미경이와 지현이.

"어이, 이혜정! 오랜만에 얼굴이나 볼까?"

"한미경, 무슨 일 있어?"

"아니, 너 이번에 취직한 거 축하해야지이~."

"취직은 나만 했어? 세상에 취직한 사람 천지야."

"야, 그래도 우리 주변에 정규직으로 취직한 애는 너 포함 두 명뿐이고, 스톤에 취직한 사람은 우리 혜정이 너뿐이거든! 급여 높고 복리후생 좋기로 유명한 회사인 거 전 국민이 다 알아요. 밥 사주라~."

"시끄러! 나중에. 아직 입사도 안 했어."

"야, 너 이렇게 인색하게 굴면 내 짜증 너한테 다 줄 거야! 이 가가멜 같은 것아!"

지현이가 한마디 더 거든다.

"그러시든가~."

얘들에게 이렇게 말해놓고 나답지 않게 조금 후회했다. 좋은 일 축하해주는데 너무 쌀쌀맞았나? 첫 월급 받으면 애들이 좋아하는 남도 한정식 사줘야지.

엄마는 천성적으로 예민하고 까칠한 성격이었다. 아마도 나는 엄마를 닮았으리라. 하지만, 내 기억 속에 남아 있는 아빠, 그 앞에서 엄마는 완전히 다른 사람이었다. 천진난만한 아이 같았다고 해야 할까. 늘 그의 팔에 매달렸고, 그와 나누는 대화에 집착했고, 그의 사랑을 기다렸다. 어느 날 갑자기 아빠라는 존재가 나의 시공간에서 사라졌음을 시차를 두고 알아챘을 때 엄마는 놀랍게도 자유로워 보였고, 홀가분해 보였으며, 완벽하게 다른 사람 같았다. 엄마와 나는 서로의 삶을 침해하지 않으면서 각자의 예민한 세계를 구축해나갔다. 아빠가 없는 삶은 마치 얼굴에 난 상처 같은 것이었다. 왜 상처가 났는지, 어디서 그랬는지 시시콜콜 묻는 사람들 속에서 나는 못 듣고, 이해 못하는 아이로 남기를 택했다. 궁금해서, 신기해서 묻던 사람들은 나를 멍청이라고 생각하게 되었고, 그때부터 나는 완벽하게 자유로운 혼자가 되었다. 그래, 이거야!

회사 생활도 눈에 띄지 않게, 조용히 할 참이었다. 하지만 사원증을 목에 건 순간 대범해지고 강해지는 느낌이 들었다. 처음 느껴보는 내 안의 강인함이었다. 기왕 이렇게 된 거 열심히 해보기로 했다. 허나, 자존심 상하는 일이 한둘이 아니었다. 대놓고 남녀 차별이 존재했다. 아무도 자기 일처럼 제대로 하려는 사람도 없고, 이미 축적한 노하우를 나누어 주는 사람도 없었다. 잘한다고 칭찬하거나 격려하는 사람도 없었다. 타 부서로 전배된 전임자에게 물으면 마치 그의 잘못을 캐내려는 사람인 양 취급했다. 암만 질문해도 다들 기억이 안 난다거나 알아서 찾아보라는 답뿐이었다. 어떤 일이든 사내 시스템을 뒤져 부서 내 히스토리를 찾아 읽고, 또 읽으면서 이야기를 짜맞춰 나가는 수밖에 없었다. 원하든, 원치 않든 결국 나는 우리 부서의 딕셔너리가 됐다. 모든 정보는 이혜정에게로. 좋은 건지, 나쁜 건지.

그러던 어느 날, 사장의 총애를 받는 현과장이 내 위로 꽂혔다. 그동안 고생해서 데이터를 아카이브해놓은 것도 아깝고, 그 누구도 알아주지도 칭찬해주지도 않는데 고스란히 그에게 빼앗긴 것 같은 느낌이 들었다. 나도 승진도 하고 후임도 받고 싶었는데 위로 꽂혔으니 언제 그런 날이 올지 알 수 없는 상황이 되고 말았다. '외국계 기업에 순환보직이 웬말?'이라는 익명의 글을 사내 SNS에 올렸다가 지웠다.

아니꼬운 마음으로 시작했으니 그 또한 내가 마음에 들 리가 없었겠지만, 현과장은 정말로 입만 열면 나를 불러댔고, 마치 블루투스로 내 머릿속 지식을 진공 흡착하는 듯했다. 스스로 알려하지 않고 단편적인 질문을 통해 나로부터 얻은 정보로만 일한 지 5개월이 되었을까? 나는 더 이상 그에게 진실을 답해주지 않았다. 허, 허참, 헐, 이게 납득이 돼? 하는 말만 돌아왔으므로.

하루는 "과장님, 제가 말씀드리는 거 이해는 하세요?"라고 물었다. 그는 나를 미친년 보듯 빤히 바라봤다. 니가 남자 새끼였으면 가만 안 뒀다, 라는 표정이었다. 나 역시 병신 일 좆나 못해요, 라고 화답해주었다. 현과장과 나는 서로 정확하게 소통한 듯했다.

사달이 난 그날은 허상무와 현과장이 노동조합과 단체협약을 시작하는 중요한 날이었다. 나는 그저 테이블 위에 생수를 놓고 있는데 인사치레 한마디 없이 조합 지국장이 살벌하게 말문을 열어 협상 정주행을 시작했다.

'노동조합원 전체 급여 인상 8%', '조합원 전체의 렌트카를 자율주행 전기차 리스로 변경하여 업그레이드', '차량 리스 기간이 끝난 후에 직원이 재직하는 경우 차량 인수 가능', '매장 상품 진열 및 판매사원 중 10% 정규직 전환', 작년 타협 끝에 물건너갔던 '지국장의 자녀 중 1명 의무 채용'.

노무 담당자도 아니고, 테이블 위에 생수나 올리다가 포기 김치로 싸대기를 맞은 기분이었다. 우와, 나도 조합 들어가서 조합장 하는 게 팔자 피는 걸 수 있겠다고 생각하는 찰라, 현과장이 머저리답게 입을 열었다.

"네? 영업사원들이 지금 렌트카가 있어요? 급여로 주유비

지원받잖아요. 근데 그게 자차가 아니라 회사에서 준 차였어요? 근데 뭐 리스로 변경?"

아직 다 내려놓지 못한 생수를 협상실 테이블 끝에 올려두고 회의실에서 뛰쳐나와 미친년마냥 화장실로 뛰어 들어가서 비집어 나오는 웃음을 가까스로 참았다. 그동안 그렇게 얘기해줬는데 역시 이해는커녕 기억도 못하고 있다.

회사는, 영업사원이 본인 소유의 차량을 업무상 이용하는 경우 차량 주유비를 지급했다. 그런데 당시, 본인이 임·단협의 대가라고 큰소리치던 인사상무가, 최단기간 임·단협 체결이라는 성과를 만들기 위해 조합과 물밑 작업을 한 끝에, 급여 인상률의 일부를 떼어 조합 내 영업사원에게 렌트카를 지급했다. 더욱 놀라운 것은 기존에 받던 주유비를 월급에 얹어 지속적으로 지급하고, 별도의 법인 주유카드도 지급받았던 것이다. 당시 인사상무가 사장에게 보고하기를, 급여 인상률의 일부로 차를 지급함으로써 매년 상승 추세에 있는 급여 인상률을 낮추는 효과가 있어 회사에 더 유리하다, 어차피 지급하던 주유비가 있는데 그것을 빼앗는 건 소탐대실하는 것이다, 급여가 늘어날수록 인센티브와 퇴직금까지 늘어난다, 차로 지급하는 것이 회사에 훨씬 득이다, 라고 한 히스토리를 인간 이혜정이 찾아냈던 것이다.

이전 인사상무의 구린 뒤를 파악하고 나서야 간신히 고개를 끄덕였던 일인데, 현과장은 그간 그렇게 얘기해줘도 '헐! 나 원 참'만 남발하더니 꼴좋다. 지국장은 인사팀이 준비가 안됐다는 말만 남기고 조합원들을 데리고 회의실을 떠났다. 싸늘한 공기가 가득했을 그곳에서 현과장은 허상무에게 쌍욕을 찰지게 들었다. 그런데 이 일이 내 인생에 치명적인 불행을 가져오는 시작임을 알지 못했다.

그날 아직도 얼굴이 벌건 허상무가 나를 불렀다. 아직 상무와 얼굴 맞대고 말할 기회가 없었던 터라 무척 긴장이 됐다.

"이혜정 씨, 혹시 단협 읽어봤어?"

"네, 상무님."

"담당도 아닌데 왜 읽어봤어?"

"급여 업무를 하는데 단협을 모르고서는 할 수가 없었습니다. 캐시 베네핏이 워낙 다양하고 변동이 많은 데다, 지난 급여 파일의 데이터만 가지고서는 그 패턴을 찾기 힘들어 단체협약을 볼 수밖에 없었습니다."

"렌트카로 변경된 게 언제야?"

"4년 전 단협입니다. 처음부터 협상 테이블로 올라오지는 않았고, 11회 차에 갑자기 거론되기 시작했습니다."

그는 더 얘기하라고 눈짓을 보냈다.

"보통 단협은 8회 이내에서 마무리되었습니다. 11회 차까지 가면서 뭔가 협상이 될 만한 히든카드가 필요했던 것으로 보입니다."

"그 말은 조합에서 먼저 제안한 게 아니라는 얘기네?"

허상무가 눈빛을 밝혔다. 아차 싶어 새끼손가락 끝을 엄지손톱으로 세게 눌렀다.

"이혜정 대리, 조합 맡아."

"네?"(대리라고? 나 사원인데.)

단협은 일사천리로 진행되었다. 나의 승진도 마찬가지. 협상 우위를 위해 나는 과거 단협을 기반으로 스토리텔링을 시작했고, 허상무는 내 이야기를 귀담아들으며 새로운 접근으로 조합을 후려칠 단서를 만들었다. 허상무의 논리는 상대적으로 우둔한 지국장을 옭아맸고, 그 과정에서 나오는 협상의 자투리 대화들을 나는 빠짐없이 기록했다. 그 기록은 또 다른 말미를 제공해주었다. 허상무와 손발이 척척 맞았다.

조용히 급여 업무나 하던 존재감 제로의 이혜정이 일 잘하고 싹싹한 이혜정 대리가 됐을 뿐 아니라, 촉망되는 직원으로 변신한 건 단협이 막 끝나가는 무렵이었다. 불과 3개월이 흘렀을 뿐인데 일 년을 일한 기분이었다. 허상무는 회사에서 잔뼈가 굵은 사람인데, 이혜정이 인사팀 보배라는 닭살 돋는

멘트를 아무렇지도 않게 하고 다녔다. 친한 직원 하나 없었는데 밥 먹자며 찾아오는 직원들이 많아졌다. 사내 동호회에 들어오지 않겠냐는 제안도 받았다. 그해 말 나는 다시 한 번 초고속 승진으로 과장이 되었다. 업무는 급여, 노조 담당, 교육기획까지 점점 더 많아졌지만 허상무의 칭찬과 격려 속에 힘든 줄 몰랐다. 그렇게 일 년쯤 더 일했을까. 허상무가 불러 그의 방으로 들어갔다.

"엑셀이 왜 안 되지?"

나는 그의 오른편에 서서 왼손을 그의 책상 위에 올려 몸을 지탱하고 오른손으로는 키보드를 만지며 엑셀 함수식을 수정했다.

"됐네요, 상무님."

그러자 허상무는 내 왼손을 자기 손바닥으로 비비더니 토닥였다.

"이과장은 못하는 게 뭐야? 예뻐, 예뻐."

허상무는 점점 내게 관여하는 일이 많아졌다. 점심식사 후 자리에 앉아 핸드크림을 바르고 있는데 자신의 방에서 나와서는 "이게 무슨 냄새지?" 하며 내 손목을 잡아 그의 코로 가져갔다.

"에이~ 이과장, 이거 이과장한테 안 어울려."

그러더니 그의 방으로 가 새 핸드크림을 가져와 내밀었다.

"상무님, 제 거 비싼 거예요. 록시땅 시어버터 핸드크림이요."

"냄새가 별로잖아~."

"저는 제 거 쓸게요. 감사하지만 사양하겠습니다."

"그러지 말고 이거 써라! 제발~."

드림팀으로 일한 시간이 2년쯤 쌓이자 애매한 상황이 계속 연출되었다. 막무가내로 내 손바닥에 로션을 짜 그의 손으로 문지르는 행동에 펄쩍 뛸 법도 했지만, 그렇게 하기엔 인간적으로 가까운 사이였다. 허상무는 오피스라이프에서 정해진 경계를 자꾸 좁히거나 허물었고, 그 과정에서 정색하며 싫은 내색을 하기가 난감한 상황이 점차 늘어났다.

그는 어느 날 자폐가 있다는 아들 이야기를 했다. 눈가가 촉촉한 그를 보면서 그동안 그에 대한 연민이 쌓였음을 알게 되었다. 하지만 더불어 그는 집요하게 내 비밀을 얘기해달라고 요구했다. 가령, 아버지는 뭐 하는 분이고 엄마는 어떤 분인지, 어디에 사는지 등 매우 개인적인 것들이었다.

그에게서 거리를 두어야겠다는 확신이 들 무렵이었다. 관계에서 이렇게 가까운 거리를 허용한 사람도 없었지만, 나의 부모님에 대해서 알고 싶은 사람이라면, 사양하겠다.

그해 가을, 전사 워크숍을 준비하기 위해 TF가 꾸려졌다. 미국 본사의 구조조정으로 글로벌 실적이 좋아지자 한국 평

타인의 미래

가도 좋아졌고, 덕분에 기쁨의 돈잔치를 할 수 있는 기회가 생긴 것이다. 장소는 이미 제주도로 확정되었는데 허상무는 굳이 사전 답사를 가야 한다고 했다.

스톤 인터내셔널은 여름이 회계연도인 관계로 급여에 관계된 각종 사회보험, 현금성 복리후생 등 간접인건비의 추이를 정리해야 하는 시점이었다. 전 직원의 성과 평가 기간이기도 했고, 인센티브 지급을 위해 연간사업 결과를 숫자로 봐야 하므로 각 부서로부터 취합하여 만들어야 하는 자료도 상당했다. 날짜는 9월이지만 비즈니스상으로는 새해의 첫 달이나 마찬가지였으므로 예산에 따른 채용 계획과 직원 급여 인상률에 따른 인건비 예산, 교육 기획에 따른 예산까지 포함해야 하는 등 보고하고 승인받아야 할 일들이 눈에 빤히 보이는 시점이었다.

"이과장, 사전 답사 좀 다녀오는 게 어때?"

"상무님, 지금 어떤 시기인지 잘 아시면서 왜 그러세요. 저는 못 갑니다."

그러자 들어본 적 없는 날카로운 목소리가 돌아왔다.

"이과장 안 간다고? 그럼 애기들 보낼까? 누가 갈래 답사?"

허상무는 새로 입사한 연대리와 팀의 막내 민종 씨에게 이야기하고 있었다.

"저희가 가서 뭘 어떻게 하면 될까요……."

거기서 가만히 있어야 했을까.

"상무님, 답사가 굳이 왜 필요해요? 요즘 VR로 숙소까지 볼 수 있는데, 상무님이 놀러가고 싶으신 거 아니에요? 저도 그렇고, 연대리랑 민종 씨도 할 일 많아요. 현과장님과 상무님이 다녀오시면 어때요?"

"아, 됐어! 제주도 안 가! 그냥 한 번 갔다 오면 되는 거지, 뭔 말이 그렇게 많아? 안 가! 안 가! 니들이 알아서 숙소 정하고 어디서 밥 먹을지 다 정해! 이번에 성과 좋아서 제대로 해야 하는데, 워크숍 허접하면 알아서들 해!"

그때부터 허상무의 치사한 괴롭힘이 시작되었다.

"이과장 때문에 내가 제주도 가서 콧바람도 한 번 못 쐬고 온다."

"아랫것 때문에 나는 꼼짝 말고 일만 해야겠네."

애교와 쿨함 사이를 넘나들며 너스레를 떨다가도 별것 아닌 일에 화를 내거나 호통을 쳤다. 그러기를 일주일가량 하더니 그다음 주부터는 전략을 바꾼 듯했다.

허상무가 따로 불러 일을 시킨다는 것은, 나는 너를 믿으며 아낀다는 뜻이다. 그 사람에게만 정보를 주고, 커뮤니케이션도 한 사람을 통해서만 한다. 현과장이 멀쩡히 우리 팀 안에 있고 엄연히 내 윗사람인데도 불구하고, 허상무는 2년 전 단협 사건 이후 모든 커뮤니케이션을 나를 통해 하고 있다.

모든 일을 나에게 주고, 내가 받은 일 중에서 허접하고 티도 안 나는 일을 현과장이나 연대리에게 주라고 했다. 불편했지만 주목받고 인정받고 있음을 확인할 수밖에 없는 그 상황을 굳이 다른 팀원과 나눠 가질 이유도 없었다. 그런데 이즈음부터 허상무가 연대리를 부르기 시작했다.

현과장은 너도 이제 끝났구나, 라는 표정으로 나를 돌아보며 웃었고, 연대리는 드디어 자신에게 기회가 왔다는 듯 허상무가 부를 때마다 콧소리 섞인 목소리로 "네~ 상무님!" 하며 방으로 뛰어 들어갔다. 그후로 나의 존재를 무시하는 일은 계속됐다. 나를 제외하고 모두 불려 들어가 그들만의 미팅을 했고, 그들만의 업무분장이 이루어졌다. 점심식사 때도 나만 소외되었다.

주간 미팅을 소집하지 않기에 허상무가 바빠서 그런가 보다 했는데, 나만 빼고 사내 카페테리아에서 미팅이 진행되고 있었다. 안되겠다 싶어 보고할 업무를 서둘러 준비했다. 며칠 야근을 한 끝에 평가 결과에 따른 인센티브 지급 예산안을 무려 다섯 가지로 뽑았다. 이를 위해 파이낸스 왕재수 최차장에게 얼마나 굽신거렸는지. 나의 완벽한 보고에 감동하고 다시 나를 인정하게 될 허상무를 상상하며 살짝 열려 있는 허상무의 집무실 문을 적당히 밝은 표정으로 가볍게 노크했다. 그는 화들짝 놀라는 듯했다. 알 수 없는 표정. '니가 왜?'라는 표정

같기도 하고, 뭔가 중요한 순간을 방해받아 분노하는 듯한 모습이기도 했다. 그동안 내가 뭘 그렇게 잘못한 거지. 순간 눈물이 날 것 같았다. 보고를 하는데도 듣지 않고 있는 것이 느껴져 말이 자꾸 꼬이거나 끊겼다. 네 가지 옵션으로 준비한 것 중 첫째 안의 보고가 끝나기도 전에 허상무가 삿대질하면서 소리쳤다.

"됐어, 됐어! 너 지금 뭐라는 거야! 다시 해!"

다시 예전처럼 단순 업무나 하며 존재감 없는 직원으로 사는 것과 회사에서 공공연하게 성추행을 당하면서도 말 한마디 못하는 촉망받는 헛똑똑이로 사는 것 중 어떤 것이 나은지 수없이 비교했다. 그러면서도 다시 허상무의 일정한 반경 이내로, 가급적 그와 가까운 반경 안으로 들어가야 한다고 생각했다. 잘 때도, 일어날 때도, 양치질을 할 때도 그를 둘러싼 작은 반경만 생각했다. 인간 이혜정에 대한 평판이 이렇게 허무하게 무너져 내리게 둘 수는 없었다. 눈 딱 감고 이번 제주도 답사만 다녀오는 거다. 이런 치욕을 딛고 워크숍을 무사히 끝낸 뒤, 연말에는 부서 전배를 요청해야겠다고 생각했다. 수원지사로 발령을 내달라고 하는 것도 좋을 것 같았다.

비행기에서 허상무는 소풍 가는 아이처럼 들떠 있었다. 직장 상사로서 허세를 보이기보다 자신의 감정에 따라 행동하는 허상무가 한편으로는 순수해 보였다. 그동안 나를 무시하고 냉대하던 사람이 맞나 싶을 정도였다. 자폐가 있다는 그의 아들도 이럴까? 그 아이는 왜 자폐가 되었을까? 이내 머리를 흔들었다. 연민 따위 갖지 말자.

비행기에서 내려 사전에 업체를 통해 예약한 숙소를 몇 곳 둘러보았다. 혼자라면 와볼 일 없을 규모가 큰 리조트였다. 허상무는 보는 둥 마는 둥, 여긴 이래서 별로고, 저긴 저래서 별로라며 까다롭기로 둘째가라면 서러울 나조차도 할 말이 없게 만들었다. 짜증이 슬그머니 나려는데, 내 마음을 알기나 하는 건지 허상무는 이제 그만하면 됐으니 바다나 보러 가자고 했다.

"상무님, 숙소 결정하셨어요?"

"오늘 꼭 정해야 하는 거 아니잖아."

"숙소 정하러 답사 온 거잖아요. 이렇게 대강 보시고 결정하실 수 있겠어요?"

"이과장 좋은 데로 해. 너 독방 쓰고 싶은 곳으로. 여행사 김부장이랑 잘 얘기해서 나중에 하루 놀러 와서 쉬고~."

허상무의 원대로 바다로 향했다. 막상 바다를 보니 기분이 좋아졌다. 파도를 보자 아무 생각이 없어졌고, 신발을 벗어 들고 한참을 걸었던 것 같다. 아차 싶어 돌아보니 허상무가 연신 내 사진을 찍고 있었다.

"상무님, 제 사진 지워주세요!"

"왜에~ 이쁜 우리 이과장 사진 내가 찍었는데. 너는 흰색 그 니트는 참 잘 어울리는데 바지는 그게 뭐냐? 예쁜 것 좀 입어봐라. 맨날 헐렁한 거나 입지 말고. 너같이 잘 타고난 애들이 그렇게 입고 다니는 거 예의가 아니지."

짠바람이 머리칼에 깊게 들이박혀 손가락 빗질도 안 됐다. 불편하고 짜증이 났다. 얼른 씻고 싶은 생각뿐이었다. 저녁 생각도 없는데, 허상무는 무척 맛있는 음식을 사주겠다며 돔베고기집에 들어섰다. 돔베고기가 맛이 있어봤자지. 허상무는 평소엔 잘 먹지도 않는 소맥을 말아 마셨다. 하루 종일 돌아다녔더니 다리가 욱신한 게 이제 그만 들어가 쉬고 싶다는 생각뿐이었다. 아차, 아직도 오늘 묵을 숙소를 정하지 않았다. 사전 답사할 때 숙소를 돌아보고 가장 괜찮은 곳에서 하루 묵어보면서 워크숍 장소로 최종 확정하기로 업체와 약속이 되어 있었다.

"상무님, 워크숍 숙소 결정하셨어요? 어디로 할까요?"

"이과장은 어디가 좋은데? 한옥 스타일 거기로 할까?"

그곳은 전통가옥 호텔인데, 집 한 채에 대청마루, 큰방, 작은방 하나로 되어 있는 곳이었다. 열쇠로 잠그는 장치 없이 문고리를 걸어 문을 닫는 곳이었다. 두 채를 빌려 허상무 한 채, 나 한 채 들어가 자기에는 너무 컸고, 그렇다고 한 채를 빌려 방을 하나씩 쓴다 해도 문도 잠기지 않는 곳에서 잘 수는 없는 터였다.

"거기 컨퍼런스룸 너무 작아서 직원들 다 들어가지도 못하고요. 그런 데다 괜히 무료 숙박 요구하면 미안하잖아요……"

"이과장은 다 좋은데 융통성이 없어. 마음에 든다 하고 하루 자보고, 나중에 이러저러해서 거기서 행사 못한다고 하면 되지. 너도 참."

"상무님, 여기서 멀지 않은, 가장 마지막에 본 그 리조트로 결정해요. 가격도 제일 합리적이고, 규모 크고, 인원 가장 많은 영업팀 전체 모일 수 있는 큰방도 있으니 가장 현실적일 것 같아요. 그 리조트로 하시죠."

리조트의 객실 하나가 팔십 평이었고, 그 안에 방만 여섯 개였다. 현대식이니 문 잠금도 안전하리라. 허상무가 묵언의 동의를 주었을 때 업체에 전화해서 하룻밤 숙소를 쓰게 해달라고 요청했다. 리조트로 들어가는 길에 허상무는 맥주나 한잔 더 하자며 편의점에 들렀다. 평소 안 먹던 소맥을 마신 허상무도 부담스럽고, 아무리 업무라고는 하지만 부서장과 둘이 숙박업소에 들어가는 것도 불편했다. 하지만, 내색할 수가 없었다.

"조금만 드시고 일찍 쉬세요. 오늘 무척 피곤하네요. 상무님, 오늘 20킬로는 걸었겠죠?"

"너는 왜 자꾸 나보고 방에 들어가라고 하냐? 이렇게 좋은 데 와서 방에 처박혀서 자야겠어?"

마지못해 맥주 한 모금 입에 대는데 눈꺼풀이 하릴없이 내려앉았다.

"죄송해요, 상무님. 저는 이만 들어가겠습니다……."

"너는 그렇게 내 마음을 모르니? 여기까지 와서……. 니가 오자고 했잖아!"

내가 오자고 했다고? 미처 생각을 정리하지도 못한 상황에 이미 자리에서 일어나 방향을 튼 나에게 허상무가 다가오더니 와락 끌어안았다. 내가 허상무를 밀쳐내자 그는 막무가내로 키스를 했다. 머릿속이 텅 빈 것 같았다. 소리를 지르고 따귀를 한 대 때려야 하나. 가만히 있어야 하나. 순간 힘껏 허상무를 밀어냈다. 그외 어떤 행동도 하지 못한 채. 그가 눈물이 가득한 눈으로 나를 바라보았다.

정말 왜 이러세요…….

들리지 않을 한마디를 덩그러니 내려놓고 떨리는 걸음을 재촉해 방으로 들어왔다. 문을 닫아 잠갔다. 그런데 문 잠그는 버튼이 맥없이 360도 회전을 했다. 심장이 터질 것 같았다. 일단 나가기로 했다. 침대 옆에 있던 가방을 둘러메고 문 앞에 섰다. 이 얄팍한 문을 사이에 두고 그와 내가 마주서 있는 것이라면, 내가 문을 열고 나가자마자 그가 이쪽으로 뛰어온다면. 다양한 가능성을 떠올려보았지만 어떤 상황이든 생각나는 대책은 없었다. 만약 그런 일이 있다면 도망치고 뿌리치는 수밖에. 방문을 살짝 열었지만 다행히 허상무는 보이지 않았다. 옆방으로 살그머니 움직였다. 번쩍. 움직임을 감지한 센서가 복도에 불을 켰다. 목을 잔뜩 움츠리고 주방 쪽을 보았다. 아무런 움직임도 느껴지지 않았다. 얼른 옆방으로 들어가 깜깜한 와중에 문부터 잠갔다. 하지만 역시, 망가져 있었다.

도대체 왜, 도대체 왜? 허상무의 그간 언행에서 나는 왜 이런 일을 예상하지 못했을까? 심장이 두근거리다 못해 터져버릴 것만 같았다. 어두운 방 안에서 서성이다 침대 위에 잠시 앉았다. 허상무도 급히 마신 소맥으로 잠시 이성을 잃었으리라. 굳이 이 상황에 대해 언급하지 않고 자연스레 다시 예전처럼 일하면 되리라. 아무 일도 없었다. 아무 일도. 가방에서 노트를 꺼내 네 장을 뜯어 꼼꼼히 접어서 잠기지 않는 문 사이에 꽉 끼워 넣었다. 이 밤만 지나면 된다. 이 밤만.

방 안에 딸린 화장실은 다행히 문이 잠겼다. 짧은 샤워를 하면서도 몇 번이고 문고리로 눈이 갔다. 머리를 숙이고 눈을 감아야 하는 머리 감기는 과감히 그만두었다. 얼른 옷을 갈아입고 스마트폰의 녹음기를 켜두었다. 만일을 위해서. 침대에 숨죽이고 앉아 있는데, 허상무의 자폐 아들이 자꾸 머릿속에 떠올랐다. 먹지 않는 아이, 엄마와 다툼이 잦은 아이, 그 아이는 허상무를 닮았을까. 아니면 한 번도 본 적 없는 허상무의 아내를 닮았을까.

　너무 긴장한 나머지 잠시 잠이 들었던 것 같다. 문손잡이가 덜그럭거리는 소리에 잠이 깼다. 꽉 낀 종이 때문에 쉽사리 열리지 않는 문이 터걱터걱 소리를 내며 흔들렸다. 몇 시나 되었을까. 내가 있는 방을 찾기 위해 이 객실에 있는 여섯 개의 방문을 일일이 다 열어보았을 그를 상상했다. 나에게 사과하려는 걸까? 사과를 하려면 아침까지 기다리는 게 맞지. 그럼 또 다른 의도가 있을까? 생각이 거기에 미치자 몸이 먼저 반응했다. 스마트폰을 찾아 시계를 보니 새벽 3시였다. 경찰에 신고를 하려다 멈췄다. 신고해서 뭐라고 하지? 직장 상사가 제가 있는 방문을 열려고 해요. 그렇게 말하면 될까? 여기까지 경찰이 출동하려면 제주시든 서귀포시든 최소 30분은 걸린다. 이렇게 조용한 새벽. 경찰에 신고하는 내 목소리가 문 앞에 있는 허상무에게 들리지 않을까? 쿵쿵쿵 소리에 깜짝 놀라 고개를 돌려 문을 보았다. 조용하다. 하지만 이내 다시 쿵쿵쿵. 문은 움직이지 않았다. 무슨 소리지? 경찰이 오면 허상무는 뭐라고 할까? 내 방 문을 열려 했다고 이실직고할까? 나만 바보가 되는 일이 분명하다는 확신이 들었다. 신고하려던 생각을 그만두고 소리 없이 침대에서 일어났다. 시야가 어둠에 익숙해지자 두터운 커튼과 그 옆에 서 있는 철제 스탠드가 보였다. 허상무는 여전히 매우 조심스럽게 천천히 문을 열려고 시도하고 있었다. 누웠던 자리에 큰 베개 두 개를 세로로 놓고 이불을 덮었다. 방이 너무 커서 문이 열리기 전까지 창쪽 커튼까지 갈 수 있을까 고민했지만 선택의 여지가 없었다. 어둠 속에서 커튼 뒤로 미처 숨기 전에 문틈에 끼워둔 종이가 떨어지며 문이 문지방에서 분리되는 소리가 들렸다. 순간 얼어붙을 뻔한 몸이 위험을 감지하고 커튼 뒤로 숨어들었다. 커튼의 오래된 먼지가 콧속으로 들어왔다. 기침이 날 것 같았다. 참아야 한다. 문 쪽으로 온 신경을 집중하고 있으니 천천히 문이 열리는 것을 알 수 있었다. 끝까지 몰래 들어오려 애쓰는구나. 커튼 사이로 흘러든 미세한 달빛이 그의 손에 쥐어져 있는 부엌칼을 비추었다.

허상무는 조심스레 침대로 다가갔다. 그가 발걸음을 옮길 때마다 발바닥이 대리석 바닥에 들러붙었다 떨어지는 소리가 났다. 그 소리를 따라 유심히 허상무를 바라보았다. 어스름한 달빛으로 비치는 그의 실루엣은 처량하고 볼품없었다. 또 쿵쿵쿵쿵 소리가 들렸다. 그것은 내 심장이 미친 듯이 뛰는 소리였다. 그가 살며시 이불 속으로 들어가는 모습을 보았다. 날 죽이려고 작정한 게 아니라는 걸 알자 안도감과 함께 욕지기가 올라왔다. 아직은 이불 속에 있는 것이 베개인 걸 모르는 듯하지만, 내가 아니라는 걸 아는 순간 허상무가 일어나 방 안의 불을 켠다면 어떻게 될까? 커튼 뒤에서 천천히 몸을 옮겨 미리 봐두었던 철제 스탠드 기둥을 손으로 꽉 쥐었다. 허상무가 이불을 가슴까지 살며시 올려 덮으며 베개 쪽으로 몸을 돌리는 모습을 본 순간 사자 같은 힘이 몸에서 솟아났다. 나는 커튼 뒤에서 튀어나와 스탠드를 들고 달려가 그를 내리찍었다. 우지끈 하는 소리가 들렸다. 초인적인 힘을 느끼며 이번에는 더 가까이 가서 한 번 더 내리찍으려는데, 전기선이 콘센트에 연결되어 있었는지 팽팽하게 당겨졌다. 순간 당황해서 선을 확 잡아 빼서 내리찍었다.

"혜정아! 혜정아!"

나는 태어나 단 한 번도 내본 적 없는 절망적인 비명을 내지르며 스탠드로 그를 내리찍었다.

"아악!!!!!!!!!!"

나이에 비해 조숙했던 나는 아빠가 떠난 그 순간을 기억한다. 얼마의 돈을 받고 쿨하게 아빠를 보내주었던 엄마의 표정을 기억한다. 엄마의 목적을 위해 희생되었던 나의 삶을 내가 얼마나 비관하였는지 그 누구에게도 말한 적이 없다. 누구도 내 삶에 가까이 다가서지 못하게 함으로써 내 약점을 철저히 봉쇄하였다. 내 안에 있던 세상의 모든 분노를 담아 허상무를 향해 내리찍었다. 당신을 저주한다. 저주한다. 저주한다. 세상을 향해 응축해놓았던 나의 방어기제를 퍼부었다. 저주한다, 당신을. 저주한다, 당신의 아들을. 당신의 딸을. 당신의 아내를. 여기까지 온 나를. 회사에서 나를 모멸하고 무시하던 당신을. 인정과 승진에 도취되어 정당한 목소리를 내지 못한 나를. 권력으로 나를 희롱한 당신을. 계속 내리찍었다. 팔로 뭉근하고 뜨끈한 것이 흘러내렸다. 허상무가 들고 있던 칼에 찔린 것인지, 내가 그를 찌른 것인지 모르겠다. 그것은 중요하지 않다. 그건 중요한 게 아니다.

◇

장례식은 회사장으로 오프라인으로 진행되었다. 장례식장에 나타난 나를 본 사람들은 홍해 갈라지듯 비켜섰고, 연대리는 나를 모른 척했다. 민종 씨만 나의 안부를 걱정했다. 허상무의 아내, 그의 딸, 아들과 마주했다. 허상무의 아내는 나를 보더니 본인의 멱살을 뜯어내며 울부짖었다. 엄마를 지키는 작은 여자아이는 주먹을 움켜쥐고 나를 노려보았다. 잔다르크가 살아 있다면 이 아이의 모습과 같을 거라 생각했다.

나 역시 칼에 깊은 상처를 입은 덕분(이라고 해야 하나?)에 정당방위로 법적 처벌을 면하였다. 다만 왜 두 사람의 자리가 바뀌어 있었는가를 증명하는 데 참으로 길고 지리한 법적 공방을 벌여야만 했다. 침대에 누워 있는 가해의 흔적이 없는 남자를 죽인 여자. 손바닥이 모두 갈라져 수차례 봉합수술을 받아야 했던 여자. 모두가 난감해했고, 모두가 피하고 싶어한 난제였다. 조사를 받는 과정에서 나는 수천 겹의 수치심을 이불 삼아 덮었고, 망자의 가족 앞에서는 죄책감으로 헐벗었다.

장례식 후 일 년간 휴직한 뒤 복직했다. 사람들이 이 사건을 잊으리라 기대한 것은 아니지만, 아직도 내 옆을 지나치면서 "재수없어"라고 읊조리는 여자들이 있다는 것에 놀랐다. 남자들은 대놓고 나를 경계했다. 나는 소속된 부서 없이 단발성 프로젝트에만 인디비쥬얼 컨트리뷰터(individual contributor)로 배치됐다. 자연스레 더 많은 사람들과 일하게 되었지만, 아이러니하게도 일로 관계를 맺을 사람들은 단연코 한 명도 없었다. 까다롭고 성깔은 있어도 일 하나는 잘한다고 칭찬이 자자했을 때나, 존재감 없이 주어진 일을 할 때나 급여는 따박따박 나왔다. 이렇게 사는 방법도 있음을 다시 깨달았다는 것이 다행이라면 다행, 매일 밤 둔기에 찍히는 고통에 잠 못 이루는 것은 불행 중 불행이었다.

◇

최근 프로젝트팀에 신입이 들어왔다. 제법 야무져 보이는 아가씨. 과하지 않지만, 그렇다고 딱히 예의 있지도 않은 표정과 어조로 인사를 했다. 가볍게 눈인사만 하고 회의실에서 나가려는 찰라 깔깔한 인사가 내게 와 부딪혔다.

"안녕하세요, 이혜정 씨."

내 영혼을 잡아끈 그 목소리. 웃지만 웃음 없는 얼굴과 부리리는 눈으로 내게 악수를 청하는 그녀. 내 이름을 아는 신입. 단박에 나는 그녀를 알아보았다. 악수에 응하며 그녀의 손을 잡자 깜짝 놀라 얼굴이 빨개져 뒷걸음질치는 그녀.

"허지인 씨였던가요? 쉽지 않은 결정이었을 텐데……. 환영합니다."

그 아이 눈에 분노가 싸지른 눈물이 차올랐다. 나 역시 모양은 어설프지만 손바닥과 감각 없는 손가락이 울긋불긋 저려왔다.

그 아이는 생각해본 적 있을까. 일방적인 피해자와 가해자는 없다는 사실을. 나는 피해자인가, 가해자인가. 내가 피해자라면 이런 인생을 갖게 한 나의 부모는 가해자인가, 그렇게 할 수밖에 없던 그들 역시 피해자인가. 내가 가해자라면, 정녕 가해자라면, 나는 어떻게 살아야 하나. 나는 가해자로서 허지인 씨 앞에서 당당히 살아갈 수 있을까.

그날 이후로 이혜정이 이혜정을 인정하지 않게 되었다. 존재의 부정 속에서 혼돈의 사회 속으로 걸어 나가기 위해 나는 매일 아침 독사의 머리칼을 빗어내고 생존의 벨트를 졸라매야 했다. 거울 앞에서 무딘 이를 숨기고, 뭉개진 오른손을 주머니에 찔러 넣고, 아직 완벽하지 않은 손놀림으로 붉은 립스틱을 바르며 의미 없는 눈으로 하루를 연명할 뿐이었다. 오로지 내가 염두하는 그날만 생각하며.

그때, 마치 연극처럼 내 삶을 돌려놓은 것이 권기호 차장이었다.

연수 아빠.

연수 아빠, 고마워.

그저 그렇게 끝나버릴 삶을 그래도 당신 덕분에 가족을 이루고, 엄마라는 이름도 얻었어. 하지만 나에겐 애당초 어울리지 않는 옷이었던 것 같아.

사랑을 욕심내지도, 더한 것을 기대하지도 않은 것 같은데. 주어진 운명에 순종하며 살았는데, 왜…… 왜 이렇게 된 걸까.

타인의 미래

◇

이제 58분 남았습니다! 서두르세요, 여러분!

가문에 영원히 명예롭게 남을 기회입니다!

요즘 세상에 몇 백억 재산 가졌다고 해서 아무도 알아주지 않아요. 회사에서 임원 좀 했다고 기억해줍니까? 구조조정으로 회사 밖으로 나오면 그 누구도 기억하지 않아요.

사는 것 편안하신가요? 계획한 대로 살아지시나요? 맘 편히 거주할 집 한 채는 있으신가요? 아이가 똘똘하게 공부도 잘하고 유학도 보내달라는데 자금은 있으신가요? 노후자금은? 충분하십니까? 아이가 공부에 관심 없고 기술을 배워 사업을 하고 싶다는데 조금이라도 보태줄 자금은 있으신지요? 내 삶은 그렇다치고, 우리 아이들까지 힘들게 살아야 할까요?

조금 전 영상에서 보신 폐지 줍는 어르신들의 이야기가 정녕 타인의 이야기인가요? 타인의 미래가 여러분의 미래가 될 수도 있다는 생각은 안 해보셨습니까?

정말, 죄송합니다! 이 좋은 혜택, 모든 분들께 드릴 수가 없습니다. 애국정책의 일환으로 웰다잉을 도와드리는 조건! 반드시 3대 암, 척추장애, 중증장애, 인지장애 등 신복지정책 금융공단에서 정한 아홉 개 고위험군 질병 항목에만 해당해야 신청할 수 있는 것 잘 알고 계시죠? 하지만 오늘 단 하루!

신청하시고 1개월 내에 웰다잉센터를 방문하시는 조건. 자, 잘 들으세요.

최근 10년 이내 우울증, 공황장애, 신경정신장애로 인해 생활에 극심한 불편을 겪는 증상을 신복지정책금융공단 지정 병원에서 진단받으신 경우에 한해서! 호텔급 웰다잉은 물론, 3억 원의 보험금을 지급하고, 유가족이 조문객으로부터 받게 될 부의금을 백퍼센트 매칭하여 추가로 지급하는 이벤트!

자, 오늘 단 하루고요, 지금 상담 문의 빗발치고 있습니다. 신청하실 수 있는 나이! 나이 중요합니다. 만 40세부터 만 55세까지! 다시 한 번 말씀드립니다. 만 40세부터 만 55세까지, 3대 암, 척추장애, 중증장애, 인지장애 등 신복지정책금융공단에서 정한 아홉 개 고위험군 질병 항목에만 해당해야 합니다. 웰다잉에 3억 원 보험료, 부의금만큼 백퍼센트 매칭하여 추가로 보험료를 지급하는 폭탄급 이벤트!

지금 바로 전화하세요! 전화 상담 밀려서 즉시 통화되지 않을 수 있습니다. 전화 대기 기다려주시는 분들께는 미세먼지 차단 최신식 디지털 마스크를 선물로 드립니다. 지금 대기도 너무 많다고 하는데요, 메시지로 숫자 1만 남겨주셔도 저희가 바로 해피콜 드립니다.

자, 이제 마지막…….

"쥬디, 채널 33 홈쇼핑 전화 상담 연결해줘."

"안녕하십니까, 미래홈쇼핑 상담원 김도현입니다. 자세한 안내를 위해 음성 인식을 통한 개인정보 제공 동의를 받고 있습니다. 개인정보 제공에 동의하시겠습니까?"

"네."

"성함을 알려주시겠습니까?"

"이혜정."

"주민등록번호 말씀해주시겠습니까?"

"930811-***3033."

"죄송합니다, 고객님. 주민등록번호와 성함이 다른 것으로 나오는데요."

"아, 제가 개명을 한 적이 있는데……."

"개명 전 성함을 알려주시겠습니까?"

"이다."

"네? 무엇을 '이루다' 할 때, 그 '다' 맞습니까?"

"네, 맞습니다."

굿 럭

강한나(23), 경기도 이천시 마장면 이평리

"아이폰XX? 이걸 아직도 쓰는 원시인이 있어? 이런 게 작동이나 해?"

"그러지 말고 하나 사줘 보지 그래?"

태완 오빠가 관심을 표현한 것임을 뻔히 알면서 한마디 쏘아붙였다. 좋아하는 여자한테 선물 하나 제대로 못하는 가난한 남자. 그렇다고 돈깨나 버는 잘나가는 남자를 만날 매력이나 능력도 없는 여자. 서로 기분만 상하고 자기 자리로 돌아간다.

타인의 미래

괜한 소리를 해가지고. 이 주댕이! 애꿎은 주둥이를 때린다. 아, 아파.

수거해야 할 스쿠터 알림 진동이 계속 온다. 의욕도 없는 일을 막 시작하려는데, 아직도 작동씩이나 하는 아이폰XX가 울린다. 발신인은 엄마.

"사랑하는 우리 딸, 뭐 해?"

"뭐 하긴 일하지."

"바빠? 잠깐 통화할 수 있을까?"

"응. 길겐 힘들고. 잘 계셔?"

"그럼, 그럼~. 엄마는 건강하고 즐겁게 잘 살고 있어~."

나에게 의지하지 않는 엄마의 삶에 감사해야 할 형편이지만, 언제나 활기 넘치는 엄마의 목소리를 들으면 빈정상하기도 한다. 엄마는 잊을 만하면 전화를 해서 요즘 마라톤을 하네, 꽃꽂이를 하네, 만나는 사람이 있네, 하며 자기 이야기를 늘어놓았다. 넘데데한 나와 달리 뽀얀 얼굴에 귀엽게 처진 눈, 오똑한 콧날을 가진 데다 사교성도 좋은 엄마는 주변에 사람이 많은 것 같다. 내가 엄마를 조금 닮았더라면 좋았을걸.

"한나야, 엄마, 아빠 국민연금 분할수급 청구했어. 알고 있으라고."

"뭐라고? 진짜야?"

마른침을 삼켜본다.

"한나야, 엄마가 오래전에 아빠랑 이혼하긴 했어도, 그래도 엄마가 가정에 기여한 바가 있잖아. 살았던 기간 동안 아빠가 직장에서 낸 연금 엄마도 수령할 권리 있대. 50대 50이라더라. 엄마 그거 받을 권리 있지 않아?"

스마트폰 열기가 심상치 않다. 심장이 방망이질한다. '그거 받을 권리 있지 않아?' 내 몸이 터질지, 열 받은 스마트폰이 터질지, 둘 중 하나는 터져야 할 것 같다.

"받을 권리가 있는지 없는지 내가 어떻게 알아……."

하고 싶은 말이 발바닥에서부터 머리끝까지 차곡차곡 쌓여 목구멍에서 밀려 나오려고 한다. 하지만 꾹꾹 눌러 삼킨다. 아무 말도 하지 못한다. 하고 싶은 말 혹은 해야만 하는 말이 나올 구멍을 찾지 못하고 다시 차곡차곡 접혀 내려가 발바닥 아래에 들러붙는다. 맨날 이런 식이다. 할 말을 못하고 뒤돌아서면 열흘은 가슴을 쳐야 한다.

2주일쯤 뒤, 아빠에게 전화가 왔다. 큰일이 있을 때, 가령 할머니가 알츠하이머라는 소식을 접했을 때, 그랬던 할머니가 25년이나 더 사시고 돌아가셨던 날 유독 낮고 침착한 목소리로 전화했던, 꼭 그때의 목소리로 전화를 했다. 무슨 일인지 짐작이 가능하니 더 떨렸다.

"한나야."

　　　　　　타인의 미래

"네, 아빠."

"……거, 그…… 니, 니 엄마 있잖냐."

분노에 찬 목소리. 어릴 때 걸핏하면 매타작을 하던 엄마보다 몇 년에 한 번 매를 드는 아빠가 더 무서웠다. 아빠의 짧은 머리를 뒤통수부터 이마 쪽으로 손바닥으로 한 번 쓸며 강인한 턱을 좌우로 한 번씩 딱딱 하면 그날은 죽은 목숨이었다. 지금 아빠의 모습 안 봐도 안다.

젠장. 고래 싸움에 새우 등 터지게 생겼네.

◇

언덕이 높았던 동네의 방 한 칸에 살았던 때 엄마는 방에 나를 두고 밖에서 문을 잠그고는 '볼 일'을 보러 다녔다. 엄마는 늘 중요한 '볼 일'이 많았다. 평소와 같이 방 안을 뒹굴뒹굴 굴러다니다 무심결에 발로 문을 탁 찼다. 방문과 문틀 사이에 걸린 노란 고무줄이 지익 길어지면서 문이 스르륵 열렸다. 판도라의 상자가 열린 것처럼 바깥에서 들이닥치는 빛에 눈이 부셨다. 나는 맨발로 문 밖으로 나왔다. 분홍 꽃잎이 비처럼 내렸고, 맨발로 내딛은 댓돌의 질감은 날것 그 자체였다. 햇살이 부챗살처럼 내 어깨 위로 뻗어 내렸다. 주인집 정원의 나무를 몇 그루 지나 대문을 나와 골목길로 나섰다. 그렇게 빛이 눈부신 때가 몇 시인지, 내 또래의 다른 아이들은 무엇을 하고 있는지 따위는 생각조차 못했다. 아무런 자극 없이 자란 유년기였으므로 세상 밖으로 처음 나온 강아지처럼 그저 발 닿는 대로 걸었다. 아빠가 읽어주었던 동화책 『아라비안 나이트』에 나오는 것 같은, 똑같거나 혹은 비슷한 대문들이 골목 안에 빼곡히 있는 풍경에 갇히고 말았다. 어느 것이 나가는 문이고, 어느 것이 들어오는 문인지, 이 골목이 문 밖인지 문 안인지 알 수 없는 공간 속에 갇혀버렸다. 나가는 문을 넘었는데 한 아주머니가 나를 보곤 놀라며 돌려 내보냈다. 어디로 내보내졌는지 모른 채 또 다른 대문을 넘었다. 그렇게 문을 계속 넘나들었다. 호기심으로 시작한 세상 밖 여행이 길을 잃은 미아 기행이 되었다. 엄마 아빠를 목청껏 불렀지만 세 평 남짓한 방 한 칸을 넘어서는 영향력을 미쳐본 적이 없었으므로 나의 울음소리는 그 누구에게도 닿지 않았다. 눈을 떴을 때는 '우리 집'에 누운 채였고, 자는 것으로 되어 있는 나를 두고 엄마와 아빠는 조그만 셋방이 찢겨져 나갈 듯 부부싸움을 하고 있었다.

"나 때문에 싸우지 마요! 나 때문에 싸우지 마요오오…….으엉엉엉."

좁은 방의 바깥세상에서 살고 싶은 엄마와 보수적인 안정을 추구하던 아빠는 서로 다른 문을 두고 드나드는 사람들이었다. 애당초 같은 방문을 쓸 사람들이 아니었다.

◇

현관 앞에 살구나무 한 그루가 서 있던 빌라에 오래 살았다. 초등학교 입학 직후부터 재개발을 한다는 발표가 나와 10년 넘게 들썩이던 동네였다. 중3이 되었을 때는 동네에 빈집이 태반이었으나 우리는 그곳에서 계속 살았다. 초겨울이면 유독 일찍 어둠이 쏟아지는 동네였고, 사람들이 살다 떠난 빈집 창문을 통해 드나드는 바람소리는 사람을 산 채로 잡아먹는 오거가 내는 소리 같았다. 학교에 갈 때면 연신 좌우로 고개를 돌리며 가는 길을 살폈다. 지나가는 친구가 있어서는 안 됐다. 내가 여기 사는 건 아무도 몰랐으면 싶었다.

(TV 뉴스)

경기도 성남시 수정구의 재개발이 난항을 겪고 있습니다. 이곳은 2028년에 재개발이 완료되었어야 할 태정2구역입니다. 2년 전 정부가 내놓은 대출 추가 규제 정책으로 인하여 이주비가 현 감정가의 50퍼센트로 제한되면서 원주민의 시위가 계속되고 있습니다.

"아니 이 동네 지금 다 재개발되고 집값이 기본 13억이 넘는데, 빌라 감정가의 50퍼센트만 대출해주면 지금 어디 가서 살라는 거예요? 이 동네에서밖에 살 수 없는 돈을 빌려주면서 나가라고 하는 게 말이 됩니까?"

(중략) 이른바 박쥐족, 퇴거명령이 떨어진 빈집만 찾아다니며 거주하는 이들이 늘고 있어 민생 및 위생 안정을 위협하고 있습니다. 한편…….

"헐, 이 동네 재개발된 게 언젠데, 아직도 저런 동네가 있단 말이야? 너네 저기 알아?"

"한나야, 너 어릴 때 살던 데 아냐? 너네 집 놀러갔던 거 기억나는데."

"어? 어, 저기, 나 어릴 때는 꽤 괜찮았던 것 같은데……. 애들도 많고……. 나야 지금은 모르지……."

"헐, 대박! 저런 데서 어떻게 사는 거야? 아, 토 쏠려!"

"야, 김세나! 떡볶이 맛 떨어지게! TV들 그만 보시고 떡볶이나 처잡수셔!"

"크크, 마지막 한 개 내꺼!"

"야, 내꺼그등!"

"애들아 빨리 먹고 나가자. 오늘 운동화 신상 나오는 날인 거 안 잊었지?"

"미쳤냐? 그걸 잊게?"

타인의 미래

"강한나! 같이 갈 거지?"

"응? 으응…….."

우리 동네가 TV에 나오는 게 제일 싫었다. 을씨년스러운 골목길을 한참 걸어가면 다닥다닥 달라붙은 붉은 벽돌 빌라들이 숨막힐 정도로 빼곡했는데, TV에 나오는 우리 동네는 더 을씨년스러워 보였다. 우리 집은 4층, 좁고 가파른 계단을 올라가야 했다. 현관문을 열고 신발을 벗고 들어가면 정면에 황망하게 45도 각도로 잘린 주방이 달려든다. 현관부터 주방까지의 거리가 왼쪽 벽면은 짧고 오른쪽 벽면은 긴데, 이렇게 사선으로 기울어진 주방은 오래 살아도 익숙해지지가 않았다. 현관 바로 왼쪽과 주방의 왼쪽 벽면 사이에 억지로 들어앉은 세로로 긴 화장실은 초겨울이면 찬바람이 회오리쳤다. 잠깐의 양치질에도 무릎이 덜덜 떨렸다. 얇은 콘크리트로 둘러쳐진 길고 납작한 평행사변형 모양의 집이 왜곡된 가정환경을 만든 걸지도 모른다고 생각했다. 원망할 건 죄 없는 집뿐이었으니까.

무슨 '볼 일'이 그렇게 있었는지 모르지만, 엄마는 저녁밥을 차려주고는 매일 외출을 했다. 아빠는 '중요한 일'로 늘상 야근을 해서 얼굴 볼 수 있는 날이 별로 없었다. 아빠는 엄마가 집에 있는지 확인하기 위해 저녁 시간이면 나에게 전화를 했는데, 엄마가 '중요한 볼 일'로 나갔다는 말을 차마 할 수가 없었다. 두 사람 싸움의 도화선이 되고 싶지 않았다. 직접 엄마에게 전화해서 물어보라고 말하고 싶었지만 그럴 용기도 없고, 용기가 있다손 쳐도 할 수도 없었을 것이다. 그래서 엄마와의 전투를 선택했다. 나가지 말라고 소리쳤다. 엄마를 힘으로 제압했다. 엄마가 내 따귀를 때리고 스마트폰을 박살냈다. 같은 일이 몇 번 반복되었던 어느 날 엄마가 밝은 표정으로 말했다.

"한나야, 엄마는 괜찮을 거야. 너무 걱정하지 마, 알았지?"

엄마가 내 손에 새 스마트폰을 쥐어주었고, 엄마는 야무지게 싼 가방을 손에 쥐었다. 엄마 얼굴을 본 건 그때가 마지막이었다.

이주를 하네 마네 이야기가 나온 지 꽤 되어서 옆집이 이사를 갔고, 우리도 이제 가네 마네 하는 동안 아랫집도 그 옆집도 이주를 완료했다. 집으로 오는 빌라 사잇길에선 고양이만 한 쥐를, 4층으로 올라오는 계단에서는 생쥐만 한 바퀴벌레를 만났다. 이것들이 친구하자며 자꾸 달려들었다.

◇

"응? 엄마가 왜요, 아빠?"

"우편이 왔는데, 거, 니 엄마가 아빠 국민연금 수령하는 날부터 국민연금을 받겠다며 분할수급 청구를 했다. 도대체 무슨 낯짝으로!"

분노가 뒤엉켜 점점 목소리가 커지는 아빠의 음성 속에서 나는 갑옷을 입고 아빠의 곁을 지키는 아마조네스가 된다.

'무슨 낯짝으로…… 딸을 버리고 나가서 이제는 아빠 연금까지…….'

나를 두고 집을 떠나던 엄마의 표정을 상기해본다. 심장이 딴딴해진다. 그러자 총알도 뚫지 못할 혈육으로 만들어진 단단한 갑옷을 입고 아빠의 국민연금을 지키기 위해 창을 들고 엄마를 향해 전력 질주할 준비가 되었다. 세상에 태어나 기억이란 것이 남아 있는 순간부터 있었던 엄마에 대한 서운함과 분노를 캡슐 하나에 꼭꼭 눌러 담아 꿀꺽 삼켰다. 국민연금관리공단 자료실에서 다운받은 이의신청서에 작성자 이름, 관계 등을 꾹꾹 눌러쓰고 공인인증 후 바로 송부했다. 웃펐다. 딸이 나서서 엄마의 국민연금 분할수급을 막는 꼴이라니.

살다 살다 별꼴을 다…….

한 달 뒤, 국민연금 분할수급 청구에 대한 재판이 있었다. 엄마는 불출석했다. 아빠의 아마조네스는 그 자리에서 두 사람의 지난 세월을 마주하곤 장렬히 전사하고 말았다. 통째로 속은 인생을 산 기분이었다. 내가 아는 엄마 아빠는 과연 누구? 나는 지금 어디?

재판에 참여했던 덕에 위대하신 대한민국 국민연금관리
공단이 처리한 엄마의 국민연금 분할수급 청구 처리 결과 확
인서를 받아보았다. 부모님의 15년여 결혼생활 중 10년은 엄
마로 인한 경제적 손실이 인정되어 수급 자격 없음, 향후 5년
은 아빠의 직장 내 공금 횡령 등으로 정직을 당해 국민연금
납부 예외 신청이 되어 있었다고 한다. 그러니 엄마가 분할수
급할 수 있는 아빠의 국민연금은 없는 셈.

두 달이나 지났나. 깔깔한 바람이 소식 하나를 건넸다. 무
슨 이유에서인지 장례앱을 통한 절차를 따르지 못하고 신복
지정책금융공단에서 제공하는 공단 내 빈소에서 엄마 장례가
거행됐다. 빈소는 썰렁했다. 더 늙었지만 알아볼 수 있는 외할
머니가 와 계셨다. 엄마의 엄마, 엄마의 딸. 세대를 관통한 두
여자가 한 여인을 앞에 두고 앉았다. 우리는 말이 없었다. 이
제는 기억도 없는 엄마의 손길과 엄마표 밥. 맛이 있었던가,
없었던가? 몹시 부러웠던, 친구들이 엄마와 가는 목욕탕 나들
이. 우유 한 팩을 사서 절반은 마른 목을 축이고, 절반은 온몸
에 정성스레 비벼대며 마사지하기. 나는 그걸 해본 적이 있던
가, 없던가? 사인은 췌장암. 가엾기도 하다. 그런데 그 흔한 웰
다잉 조건은 안 되었던 걸까? 끝까지 도움 하나 안 되는 엄마.

그래도 아이폰XX가 있으니까. 내 손에 쥐어주던 스마트폰. 이마저 고장나면 엄마와는 정말 이별이네.

강호연(46세), 경기도 용인시 기흥구 보정동

기호 와이프 장례식에 다녀왔다. 노란 리본이 달려 있었다. 병신 같은 애국정책을 신청하는 인간이 호구 아니겠냐고 했다가 친구들한테 시끄럽다며 핀잔만 들었다. 그따위 정책을 옹호하는 놈들이 절반쯤이나 있는 걸 보니 대한민국은 이제 끝난 게 확실하다. 기호 이 자식은 와이프가 웰다잉 신청한 것도 몰랐다고 한다. 병신 새끼. 니가 호구다, 이 새끼야.

가난한 집안(지겹다, 가난의 대물림!)의 맏아들. 몸 판 마누라. 이혼. 직장 내 윤리강령 위반. 정직. 쪽팔리지만 내 인생이다. 그냥저냥 학교 졸업하고 취직해서 일하다가 업체에서 뒷돈 주는 거 받았다가 나만 병신됐다. 선배들은 뒷돈 받고 잘만 사는데 나만 재수없게 걸렸다. 그 선배가 찌른 게 틀림없다.

중학교 때부터 피워온 담배 덕분인지, 아니면 이 좋은 세상에서도 2구 가스레인지를 달고 산 덕분인지, 그것도 아니면 집안의 거지 같은 DNA 덕분인지 폐암1기 판정을 받았다. 씨발, 좆같은 세상. 마누라가 사기만 안 당했어도 내 집에서 가족이랑 사람 사는 것처럼 살아보는 건데. 내 인생은 되는 게 하나도 없다.

신복지정책금융공단에서 컨설팅을 받았는데 웰다잉도 가능하고, 한나한테 보험료를 더 많이 지급할 수도 있다고 했다. 마누라 때문에 치부가 다 드러난 이후 한나는 집에서 나가 회사 근처에 방을 얻었다. 딸 하나 있는 거 사고 안 치고 고등학교 졸업해서 지 살 길 찾아가니 기특하고 애처롭지만 섭섭하기도 하다. 어쨌거나 그 또한 지 인생이고.

신복지정책금융공단에 웰다잉을 신청하고 교육을 몇 번 받았다. 한나한테 일시불로 3억을 지불하지 말고 몇 년 뒤에 받는 걸로 하면, 보험료가 인상되는 것뿐만 아니라 신도시 임대주택 입주가 가능하다고 한다. 젊어서 돈 좀 모으게 하고, 적절할 때 확 부어주는 게 좋을 것 같아서 그렇게 하기로 했다. 한나야, 너는 아빠처럼 살지 마라. 아빠 같은 놈 절대 만나지 말고. 앞으로 좋은 일만 있기를. 사랑하는 내 딸.

강한나(24), 경기도 과천시 주암동

초등학교 4학년 때 친했던 친구 혜원이가 다른 친구랑 놀지 말라고 하더니 자기가 그 친구한테 착 달라붙어 내 흉을

타인의 미래

보고 다녔다. 그때 느꼈던 배신감이 지금도 기억난다. 그런데 바로 그때 느꼈던 배신감이, 지금의 나를 에워싼다. 소가 배신의 되새김질을 하며 긴 혀로 내 얼굴에 온통 절망을 처바르고 있다. 어차피 나를 키운 건 팔할이 바람이라고, 그렇게 나를 위로하며 지금껏 지내오지 않았나. 그래도 이건 너무해. 아빠가 나를, 떠났다.

인생사 새옹지마라 했던가. 법적 보호자가 사망하고 최저임금에 못 미치는 비정규직 인생인 덕분에 좋은 동네의 새 아파트에 입주할 수 있게 되었다. 살던 이천 집을 정리하면서 버릴 것은 대충 다 버렸다. 그동안 멋진 서랍장이 되어주었던 세로로 쌓은 종이박스 세 개도 버렸다. 그 안에 담긴 옷도 버렸다. 조금 작은 종이박스로 만든 수건함은 택배박스 용도로 변경하여 남은 옷 몇 가지를 채워 테이프로 감았다. 살림 중 리필용기에 든 것을 챙기면 챙겼지, 물곰팡이로 더러워진 욕실이나 주방용품은 다 버렸다. 이것이 과도인지 식칼인지 부르기 힘든 도루코 주방 칼 하나를 집에 있는 이면지로 둘둘 싸맸다. 편수냄비 한 개 외엔 챙길 주방 살림도 없었다. 짐을 싸고, 드라이버가 운전하는 공용차량 모두의콜밴을 불렀다. 단출하고 개인적인 이사에 이보다 더 나은 이사 차량이 있을까. 아직 새 차 냄새가 빠지지 않은 최신식 차량 안에서 미래를 맞이하는 설렘을 느끼는 동시에 아빠를 떠올렸다. 어차피 훈장 탈 거였으면 엄마 죽기 전에 국민연금 수급할 수 있다는 희망이라도 좀 갖게 해주지.

운이 좋은 경우라고 주택공사 담당자가 말했다. 정부에서 제3신도시를 발표하고 나서 은근슬쩍 빼두고 진행하지 못하다가 최근에 막 공급되면서 나한테까지 기회가 온 거라고 했다.

"아, 네……. 제가 운이 좋은 케이스로군요……"라고 답하고는 '그럼 운 좋은 저랑 사귀실래요?' 하는 표정으로 그를 바라보았다. 그가 섬뜩하다는 표정을 짓는다. 곱상하게 생긴 담당자를 향해 내 운을 가득 담은 미소를 한 꾸러미 내려놓았다.

과천 신도시의 이 아파트는 스마트아파트를 대표하는 전자장치, 응급상황 시 안전을 위한 내장재 및 비상탈출 경로, 아파트 내 피트니스, 입주자 전용 마트, 사우나, 도서관 등 놀라운 시설을 자랑하는 곳으로 나 역시 뉴스를 통해 본 적이 다. 바로 그 아파트의 33층에 입주하게 된 것이다. 입주자 지원센터에서 홍채, 지문 등록을 한 뒤 집으로 들어와서 몇 개되지 않는 짐을 내려놓았다. 아파트 지하에 있는 입주자 전용 마트로 가 저녁거리를 조금 사기로 한다. 지하 2층에 가니 엄청난 규모의 마트가 있다. 중학교 때 이후로 이렇게 큰 마트는 처음이다. 쿠팡의 로켓배송을 시작으로 마켓컬리 샛별배송, 오아시스의 새벽배송 등이 히트를 치면서 백화점을 제외한 오프라인 마트는 완전히 죽어버렸다. 마트 입구에는 공항 검색대에서나 볼 법한 출입구가 있었다. 여기서는 지문 스캔. 모니터에 '입주민입니다'라는 메시지가 떴다. 신기하다. 꽤 좋은 커뮤니티에 속한 기분. 처음 느껴보는 소속감. 긴장되지만 신이 난다. 이렇게 좋은 아파트에 살게 되다니 순간 아빠를 향한 측은함에 마음이 숙연해진다. 그래, 이왕 이렇게 된 거 아빠 생각해서라도 잘 살아보자 다짐한다. 마주치는 사람들이 친절한 웃음으로 가벼운 목례를 한다. 교양 있는 입주자들 사이에 있다는 생각에 기분이 한껏 격앙되었다.

간단히 먹을 끼니로 손색없을 시리얼이 있는 코너로 간다. 제품 가격이 어디에도 붙어 있지 않아 난색을 표하는데, 지나가던 입주민이 웃으며 친절한 목소리로 새로 이사 온 모양이라며, 아파트앱을 설치하고 그중 마트 아이콘을 누르면 바로 가격이 검색된다고 알려준다. 구식 스마트폰에 설치하려니 한참이 걸렸다. 간단한 개인 인증 후 식빵을 카메라로 인식하니 장바구니에 들어가면서 자동으로 가격이 기록되었다. 앱의 바코드 검색을 누르고 호랑이 시리얼 사진을 찍어보았다. 3330호 입주민. 가격 9,300원. 옆에 있는 콘푸라이트도 찍어

본다. 9,500원. 아파트 홍보 시 시중 가격보다 저렴한 마트라고 했던 것 같은데 슬쩍 검색해보니 쿠팡과 가격이 다르지 않다. 쿠팡은 프리미엄 멤버십 정책을 강화하면서 추가 요금을 내지 않으면 로켓배송도 안 해준다. 돈 더 내야 줄 안 서고 놀이기구 타는 것처럼, 돈을 내야 로켓배송도 해주는 거다. 쳇, 좀 더 안 싸면 어때. 오늘 필요한 거 같은 가격에 사니 여기서 사는 게 이득이지! 가격 검색한 시리얼 중 저렴한 것으로 담으려는데, 자칫 탄성을 지를 뻔했다. 어머! 오레오와 오곡 코코볼, 두 가지 맛에 플라스틱 시리얼 그릇과 귀엽고 앙증맞은 숟가락에 포크까지 세트로! 집에 아일랜드 식탁이 있었는데, 식탁 위에 매트 하나 깔고 조명을 켜서 세팅한 후 인스타에 올릴 생각을 하자 가슴이 쿵쾅거렸다. 너무 비싼 거 아닐까? 걱정 반 기대 반으로 바코드를 찍으니 14,000원. 시리얼 용량은 적지만 두 가지 맛에 그릇과 숟가락에 포크까지 있다니, 이건 꼭 사야 해! 카트에 시리얼 두 박스에 그릇까지 붙어 있는 제법 큰 상품을 하나 담고 돌아서다 이내 다시 돌아와 하나를 더 담았다. 혹시 모르잖아, 집에 누가 올지도. 그리고 계란 한 줄과 오렌지주스를 추가로 담았다. 더 이상 엄마 아빠의 체취가 담긴 묵은 수저를 쓰지 않아도 된다는 생각에 내 안의 어린아이가 깡총깡총 뛰었다. 새 그릇과 새 스푼으로 희망을 떠먹으며 살 생각을 하니 발바닥에 호랑이 기운이 솟는다. 그래, 플라스틱 숟가락이면 어때! 새 출발인데!

어느 중년 부부가 내 카트를 보고는 친근한 미소를 보낸다. 혼자 사는 아가씨라고 방방곡곡 소문을 내는 기분이다. 쑥스러운 인사를 건넸다. 마침 그분들 카트에도 같은 계란과 오렌지주스가 있어 동질감이 느껴졌다. 마트에는 계산하는 곳이 따로 없다. 이미 미국의 아마존 투고마트를 시작으로 우리나라에도 많이 도입된 무인시스템이지만 나는 처음이다. 중년 부부가 카트를 밀고 나가자 공항 검색대처럼 생긴 출입구 앞 화면에 구매한 품목과 가격, 총액이 나타난다. 아까는 몰랐는데 제법 가격이 저렴했다. 무항생제 계란이 1,500원밖에 안 한다니, 득템했구나 싶어 발뒤꿈치가 절로 통통 뛰었다. 중년 부부가 확인 버튼을 누르자 영수증이 앱으로 발행되었다는 음성 안내가 나왔다. 그들이 마트를 나서 좌측 엘리베이터 앞에 서자 엘리베이터가 자동으로 움직이는 것으로 보아, 출입구에서 계산이 완료되면 거주하는 층수를 인식해 자동으로 움직이는 것 같았다. 내 뒤에서 젊은 남자가 저기요, 라고 재촉하는 듯한 목소리로 말을 건넸다.

"아, 죄송합니다."

너무 넋을 놓고 있었나 보다. 카트를 앞으로 밀고 나가자 계산이 되었다. 화면에서 내가 구입한 품목을 대강 보고 확인 버튼을 누르려는 찰나, 응? 6천 원? 먼저 중년 부부와 같은 것을 구매했는데 내 카트 속 계란은 6천 원이다. 확인 버튼을 누르지 못하고 엘리베이터 앞에 선 부부의 뒷모습을 한 번 보고, 내 계란을 한 번 보며 안절부절못하자 이제는 내 뒤의 남자 말고 다른 사람들의 한숨과 짜증 섞인 목소리가 등뒤에서 넘어왔다. 어떻게 해야 하지? 그냥 쿨한 척 나갈까? 아니다. 이제 홀로 살아야 하는데 한 푼이라도 아껴야지! 나도 1,500원짜리 계란을 가질 자격이 있는 입주민이라고! 확인 버튼을 누르는 대신 아래 고객센터 연결 버튼을 눌렀다.

"네, 강한나 입주자님, 고객센터입니다."

"네, 제가 푸르다 계란을 구입했는데요, 앞서 계산한 분은 1,500원이었는데 저는 6천 원으로 나와서요. 가격이 잘못된 것 같아요……."

"……."

"여보세요? 여보세요?"

"아, 다른 입주자님과 가격이 다르다는 말씀이십니까, 강한나 입주자님?"

고객센터 직원의 목소리를 듣자마자 뭔가 잘못되었음을 직감했다. 직원은 난감해하는 것 같았고, 내 뒤에 줄 선 사람들의 표정은 말로 형용이 안 됐다. 고객센터에서 뭐라 답하기 전에 달아오른 얼굴로 카트를 밀고 나왔다. 확인 버튼을 누르는 것을 잊었기에 출입구에서는 경고음이 삑삑 울렸다. 무시

타인의 미래

하고 지나치자 오른쪽 엘리베이터가 움직였다. 제발, 중년 부부의 엘리베이터가 먼저 열려라. 제발 같이 올라가지 않게 해다오. 먼저 나갔던 그 부부의 엘리베이터 문이 곧 열렸다. 오, 하느님 아부지 감사합니다! 내 앞의 엘리베이터가 열리자 얼른 안으로 뛰어들었다. 혼자 있는 엘리베이터, 이 공간이 이렇게 위안이 되다니. 33층까지 올라가는 시간은 꽤 길었다. 그 시간 동안 낯선 이들의 시선에 비친 마트에서의 내 모습을 떠올려보았다. 죽고 싶었다. 달랐던 거야. 달랐던 거야, 가격이……. 나로서는 충분히 할 수 있는 질문이었지만, 그들에게는 너의 것과 내 것의 가격이 왜 같아야 하지, 라는 의문이 가득했으리라. 엘리베이터 속도는 놀라우리만큼 느렸다. 빨리 가자, 빨리. 숨이 가빠왔다. 알 수 없는 두려움에 완전히 침잠하기 직전 엘리베이터는 내게 마지못해 숨을 선물하듯 천천히 문을 열었다.

　드드드드드드. 카트 바퀴소리가 33층 복도 전체에 울려퍼졌다. 얼른 지문 인식을 하고 집으로 들어갔다. 30호는 가장 끝집으로 거실의 두 면이 유리벽이었다. 낮 동안 해를 가득 머금은 유리벽이 집안의 공기를 참을 수 없을 만큼 데워놓았다. 창문을 열어야 했다. 공기, 공기를 쐬고 싶다. 그런데 이곳에는 활짝 열 수 있는 창문이 없었다. 바깥으로 밀어내는 작은 창을 열고 환기를 시키고 나서야 유리로 된 한쪽 거실

벽에 기대앉았다.

침대도, 소파도 아직 없는 열네 평짜리 집 거실에 앉아 한 번도 맡아본 적 없는 높은 곳의 공기를 맡으며 집을 살펴본다. 좌측으로 주방의 아늑한 노란 등, 그 아래 뽀오얗게 자태를 뽐내는 아일랜드 식탁, 정면으로 보이는 화장실, 주방 불빛에 하얗게 모습을 드러낸 각진 세면대와 변기, 세탁기 하나와 천정에 건조대가 설치된 주방 옆의 작은 다용도실. 지금 앉은 자리에서 보이지는 않지만 아늑할 작은 방 하나. 벽이 가파른 각도로 잘려 있던 성남의 빌라가 생각났다. 복작복작하고 밤이면 을씨년스러웠지만, 그래도 그 집은 사람 사는 집 같았다. 여기는…… 사람이 살 수 있을 것 같지 않다. 조정과 타협의 여지가 느껴지지 않는다.

흐트러진 숨을 고르고 일어나 계란과 오렌지주스를 냉장고에 넣었다. 화장지를 손에 둘둘 말아 물을 조금 묻혀 아일랜드 식탁 위를 한 번 닦았다. 뭐라도 먹고 힘을 내야겠기에 시리얼에 붙어 있던 그릇과 숟가락을 떼어내기로 한다. 테이프로 단단하게도 감아놓았다. 비닐에 붙은 테이프를 벗겨내느라 손바닥의 피부가 벗겨져 벌개졌다. 플라스틱 그릇을 씻고 화장지로 물기를 닦아 예쁘게 세팅을 해본다. 주방 불빛이 참 아늑하고 곱다. 눈물이 절로 났다. 이게 뭐라고. 이따위 플라스틱 그릇과 숟가락이 뭐라고. 울음이 멈추질 않는다. 눈물이 나니

　　　　　　　　타인의 미래

소변도 마렵다. 화장실에 들어가 쏴 하고 나오는 소변을 내려다보았다. 먹은 게 없어도 잘만 나온다. 생명이 푸르른 음모가 반짝반짝 빛났다. 아직 한 번도 사랑받아 본 적 없는 곳. 나에겐 늘 거추장스러운 곳. 배변을 담당하는 것 이외의 기능이 있는 줄도 모를, 몸 주인의 찌든 삶에 가려져 아직 자신을 발견조차 못하고 있는 그것이 새삼 불쌍하다. 코끝으로 눈물이 방울방울 떨어졌다. 고개를 들어 바깥을 바라보니 구름인지 안개인지 모를 것으로 자욱했다. 여기는 땅 위인가, 구름 위인가. 마치 하늘 높은 곳, 공중에서 오줌을 누고 있는 것 같다. 이런 나를 누군가 창 밖에서 보고 있는 것만 같다. 뻥 뚫린 이곳을 모두가 비웃으며 바라보는 것 같았다. 순간 불안감이 밀려와 연신 고개를 돌려 사방을 살폈다. 갑자기 속이 울렁거리더니 어지러움증이 몰려왔다. 얼른 팬티를 궁둥이로 올려붙이고 구역질을 쏟아냈다. 나오는 것이라곤 주억거리는 눈물뿐.

이 게임의 승자는 엄마다. 엄마와 아빠의 역사를 까발리면서 엄마는 나의 '몰라도 될 권리'를 빼앗아갔다. 화장실 맞은편 거실의 유리벽을 바라보았다. 33층. 신분 상승이라 생각했으나 이제는 덫이라는 확신이 든다. 없는 자만이 올 수 있는 곳. 아니, 가진 것이 없어서 버려지는 곳. 산도, 나무도, 꽃도 보이지 않는 곳. 구름이 짙으면 회색 벽지 속에서, 하늘이

파래지면 온통 파란 벽지 속에서 무방비로 감정의 공격을 받을 수밖에 없는 곳. 어지럽다. 다시 구역질이 났다. 이곳은 공중 무덤이다.

똑똑하지는 않아도 성실했으며, 피해를 입을지언정 누구에게 피해준 적 없이 살아왔다. 그래서 나는 억울하다. 잘못이 있다면 국민연금 때문에 엄마 가슴에 못을 박은 것일까? 그리고, 아빠가 아픈 걸 몰랐던 것도? 나는 늘 아빠 편이었는데, 왜 아빠는 이렇게 빨리 웰다잉을 선택한 것일까? 내가 만일 두 사람의 싸움에 나서지 않고 그저 모른 척했더라면, 나때문에 싸우지 말라고 맨날 징징대지 않았더라면 두 분은 잘살았을까? 아니, 내가 존재하지 않았더라면 일찍 헤어져 각자 행복하게 살지 않았을까?

술 한 방울 마시지 않았는데 몸이 떨리고 눈물이 멈추지 않는다. 술 한 잔 마시고 싶다. 시리얼 그릇과 숟가락과 포크를 본다. 어쩌면 태완 오빠를 '우리 집'에 초대할지도 모른다고 생각했다. 시선이 그것들을 억척스레 감고 있던, 이제는 제할 일을 다해 버려진 테이프에 머문다. 엄마는 도려낸 살점같았지만, 아빠는 다르다. 아빠에게 실망한 게 사실이지만 미워도 비빌 언덕이 있는 것과 없는 것은 엄연히 다르다.

시리얼 그릇아, 포크야, 숟가락아, 안녕.

태완 오빠, 안녕.

모두에게 행운이 있기를.

굿 럭.

(TV 뉴스)

한 외국계 기업의 배송용 자율주행 스쿠터 수거 및 수리 업무를 하던 24세의 미혼 여성이 고층 임대아파트에 입주한 첫날, 삶을 포기한 안타까운 사건이 벌어졌습니다. 아파트에 입주한 날로부터 4일이 지나도록 전기 및 가스 사용량의 변화가 없고, 입출입이 전혀 없는 것을 이상하게 여긴 관리사무소에서 경찰에 신고하여 확인한 결과 A씨는 화장실에서 싸늘한 주검으로 발견되었습니다. 1차 조사 결과 타살 흔적은 발견되지 않았습니다. 아파트 입주자 대표는 이메일 성명을 통해 "우리 입주자 중 한 명이 사망했다는 슬픈 소식을 접하게 됐다"면서 "우리는 경찰 수사에 협조할 것이며, 더 이상 이런 슬픈 일이 일어나지 않도록 입주자 지원을 확대할 것이다"라고 밝혔습니다. 하지만 입주 당일 입주자 마트에서 물건을 구매하던 A씨가 먼저 같은 상품을 구매한 입주자와 왜 상품 가격이 다른지 문의했다는 사실을 확인한 경찰은, 입주자 내 게시판 및 아파트 SNS에 A씨가 고객 상담하는 모습을 촬영하여 게시글을 올리고, 이에 악성댓글을 단 입주자들을 조사하고 있습니다. A씨의 스마트폰은 단종된 애플사의 스마트폰으로, 이미 방전된 상태여서 A씨가 악성댓글로 심각한 정신적 충격을 입었는지는 아직 확인되지 않고 있습니다.

정부는 임대아파트 출입구 분리, 입주자 편의시설 구분을 방지하는 법안을 만들었음에도 불구하고, 실제 이를 이행하지 않는 경우 처벌할 관련 규정에 대해서는 아무런 대책이 없는 상태로, 존재하는 주민 간 차별에 대해서까지 규제하기는 힘들다는 입장입니다. 또한 여론은 평당 1.8억 원을 상회하는 매수금액을 지불하고 입주한 입주민과 그렇지 않은 입주민이 같은 대우를 바라는 것은 억지라는 의견이 지배적입니다.

서운대 심리학과 P교수는 고층 아파트의 추락에 의한 자살 방지 외에도, 아파트 시설 내 스마트 소프트웨어 부분에 있어서의 차별을 최소화하여 입주민의 행동 이상 감지 등에 민감하게 대처해야 한다면서, 기본적으로 임대아파트를 33층 이상에 배치한 것부터 조정해야 한다고 주장했습니다. 이미 고층 거주자의 자살률은 저층보다 10퍼센트가 높으며, 저소득층 고층 거주자의 자살률은 그렇지 않은 경우보다 60퍼센트 더 높다는 연구 결과가 널리 알려지고 있어, 앞으로 고층에 희망주택 및 임대아파트를 배치하는 것에 대한 조정이 이루어질지 귀추가 주목됩니다.

아파트 입주자협회 및 경찰은 유가족에게 사망 사실을 알렸으며, "추가로 공유할 정보나 의심되는 사항은 없다"고 덧붙였습니다. A씨가 일하는 회사로 알려진 S사에서는 A씨는 파견사 소속으로 최근 회사에서 시작된 구조조정과 아무런 관련이 없다는 입장을 밝혔습니다. 이상, 김국한이었습니다.

신지은(45), 고양시 일산서구 일산동

"억울합니다. 저는 정말로 열심히 살았습니다."

"네, 지은 씨는 열심히 사셨어요. 분명히 그러셨습니다."

"한 달에 간신히 이백오십만 원 벌어오는 남편을 한 번도 원망한 적이 없어요. 저희가 결혼을 너무 일찍 했고, 도와줄 만한 가족도 없었기 때문에 시작이 팍팍하긴 했어요. 그래도 딸 하나 정말 똑똑하고 예쁘게 키우고 싶어 열심히 살았어요. 없는 살림이지만 좋은 유치원에 아이를 보내고 싶어서, 클래스101에서 각종 강의를 다 들었습니다. 그중 프랑스 자수에 빠져서 직접 제작해 스마트스토어에서 팔기도 했어요. 하지만 수요가 많지 않아 재고 위험 부담이 있어 주문받고 제작하는 방식을 택했더니 제작과 배송에 시간이 너무 오래 걸린다며 주문을 취소하는 사람이 많아져서 재료비도 건지지 못하고 그만뒀습니다. 그런 실패를 몇 번 경험하는 동안 아이도 좀 크고 혼자 있을 수 있게 돼서 출판사에 취직했어요. 아이들 전집을 파는 출판사요. 전집이 돈이 되는데, 엄마들은 책은 안 사고 AI수학이랑 코딩만 계약했어요. 그건 멤버십 제도라 몇 달 하다가 그만두면 제가 회사에서 받았던 수익의 일부를 토해내야 하거든요. 남편이 아이 혼자 두고 일하러 다니는 걸 싫어해서 남편 출근한 후에 나가서 남편 퇴근 전에 돌아왔습니다. 딸 혼자 집에 두는 게 미안했지만, 일곱 살에 제일 좋은 유치원에 보내주려고 전 정말 열심히 일했어요. 그런데 회사에서는 매출 목표를 정해주고, 못 맞추면 강매를 시켰습니다. 하는 수 없이 받았던 월급으로 주문을 넣고, 그렇게 산 책은 중고시장에 할인된 가격으로 팔았어요. 그런데 그게 회사 규칙에 위배되어서 회사에서 짤렸죠. 남편과는 사이가 점점 나빠졌는데, 너무 서러웠습니다. 남편이 돈 백이라도 더 벌어왔더라면 제가 그렇게 고생하며 살지도 않았을 거예요."

"정말 힘드셨을 것 같아요. 남편분은 왜 그렇게 지은 씨가 일하는 것을 반대했을까요?"

"형편껏 살라고요. 욕심내지 말라고요. 근데 딸아이 좋은 유치원 보내고 싶은 게 욕심인가요? 그리고 언제까지 월세만 살 수는 없잖아요. 내 집 하나 갖고 싶은 게 욕심인가요? 남편이 뭐라 하든 말든 열심히 일했어요. 그러다 아이를 잃어버려서 난리가 한 번 났었어요. 집 근처 골목에 쓰러져 있는 걸 발견했는데, 그후로 일을 모두 그만뒀죠. 유치원도 못 보냈고요……."

"너무 속상하셨겠어요."

"네. 그래도 그 와중에 남편이 벌어다주는 거 악착같이 모아서 아이 초등학교 때 전세로 빌라에 들어갔어요. 애 학교 보내고는 SNS에 광고글 올리는 알바하면서 돈을 모았죠. 그러던 중 살던 동네가 재개발된다기에 전세로 사는 빌라를 사야겠다고 생각했죠. 그런데 전세 끼고 사려면 최소한 1억은 있어야겠더라고요. 그만한 돈이 있을 리가 없잖아요. 그래서 백방으로 다녀보니 지역주택조합에 가입하면 훨씬 저렴한 금액으로 아파트를 분양받을 수 있더라고요. 마침 수중에 딱 3천이 있어서 이미 건축 심의를 받은 지역주택조합에 가입비로 2천을 납부하고, 사업비로 1천만 원을 납부하면서 조합 활동을 시작했어요. 조합원 50퍼센트가 모여야 토지를 매입할 수 있는데, 48퍼센트에서 추가 모집이 안 되고 정체가 되었어요. 너무 답답해서 제가 조합원을 모집하러 모델하우스에 하루종일 앉아 있고, 사람이 없으면 전단지 돌리러 다녔어요. 누가 시키지도 않은 일을 하고 다니는 동안, 그놈들이 돈을 갖고 날랐어요. 그때 병이 난 것 같아요. 너무 화가 나서……."

"아이고 저런……. 나쁜 사람들이네요, 정말."

"나중에 남편도 이제는 빌라를 사야겠다고 하더라고요. 그러면서 그동안 저축한 돈을 달라고 했어요. 회사에서 얼마를 대출받으면 융통해서 살 수 있을 것 같다고. 저는 울면서 빌었어요. 남편은 저를 발로 밟았어요. 그때 제 자존심도 함께 밟혔어요. 매일 저녁마다 주변 식당 설거지를 나갔어요. 힘은 드는데 월급이 너무 적어서 나중에 노래방 알바를 시작했어요. 애는 눈치를 챘는지 나가지 말라고 악을 쓰더라고요. 딱 그 무렵에 꼬임에 넘어가서 그만……. 그걸 남편이 알게 됐어요."

"저런……."

"남편이 아무것도 요구하지 않을 테니 나가라고 했어요. 딸아이한테도 아무 말도 하지 말고, 절대 만나지도 말라고 했어요. 너무 심하지 않아요? 내가 누구 때문에 이렇게 고생하고 살았는데! 흑흑…… 그렇게 집에서 쫓겨났어요……."

몇 시간을 울고 나니 속이 후련하다. 일 년 전에 신복지정책금융공단에 웰다잉을 신청했다. 공단의 힐링케어를 통해 다양한 교육을 받았는데, 재무 컨설팅을 해주는 분이 남편의 국민연금 분할수급을 청구해서 웰다잉 전까지 생활비로 쓰라고 알려주었다. 암에 걸린 상태라 연금 수령 나이가 되지 못해도 미리 받을 수 있을 거라 했다. 결국 연금을 받지 못했지만, 괜찮다. 최소한 나의 존재를 알릴 수 있는 좋은 기회였다.

신복지정책금융공단의 케어 프로그램이 없었더라면 나의 삶은 췌장암 때문이 아니라 정신적으로 피폐해 인간만도 못한 죽음을 맞이했을지도 모른다. 이제 이거면 됐다. 우리 한나, 한나야, 미안해. 엄마가 우리 한나 많이 사랑해.

"보험료 3억 원 지급 대상자 정보 여기에 기재해주세요."

"네, 우리 딸에게 줄 거예요."

"일시 지급이 있고, 정해진 시점부터 분할하여 지급하는 방법이 있다는 것 지난 교육에서 들으셨죠? 자녀분이 아직 어리다면 몇 년 뒤 분할하여 지급하는 것이 보험료를 조금 더 많이 받아요."

"네, 미리 생각해뒀어요. 우리 딸 이제 스물셋이에요. 서른 즈음이면 결혼도 생각할 테고, 결혼한다면 아이도 낳겠죠? 결혼 선물 미리 주는 셈 쳐야죠. 아우…… 왜 이렇게 눈물이 나지…… 우리 한나 서른 살 될 때부터 10년간 받을 수 있게 해주세요. 아이 유치원 보내려면 교육비가 많이 필요해요. 그럼 보험료 8프로 더 받는 거 맞죠?"

"네, 맞습니다. 어찌나 교육도 잘 받으셨는지. 다른 분들도 모두 지은님만 같으면 좋겠네요. 지은님, 오늘 편안하게 주무시고 내일 오전 10시에 웰다잉 케어 들어갑니다. 마지막으로 남기고 싶은 말씀을 영상이나 편지로 남겨주세요. 하고 싶은 말씀은 최소화하는 게 좋아요. 그동안 케어받으면서 많이 내려놓으셨으니 어렵지 않을 거예요. 카메라는 저기 있고, 편지는 여기에 있어요. 이메일 작성도 좋습니다. 편지, 이메일 모두 600자 제한입니다. 영상은 45초 촬영되면 자동으로 멈춥니다. 영상과 편지를 전달하고 싶은 날짜도 정확히 기재하시고요."

"네, 그럼요, 실장님. 그동안 많이 들어서 잘 알고 있어요. 그간 감사했어요……."

◇

한나야, 네가 이 편지를 받을 즈음이면 엄마가 웰다잉 케어를 받은 지 7년이 지난 때일 거야. 미리 알려주지 못해서 미안해. 하지만 너는 엄마 이해해줄 거라고 믿어. 너에게 해주고 싶었던 것을 이제라도 해줄 수 있어 참 다행이다. 너의 삶에 행운만 가득하길 엄마가 기도할게.

굿 럭!

책인즉명 責人則明[*]

허상훈(47), 경기도 부천시 중동

"아악! 잘못했어요……. 아악! 아빠……."

"이놈의 새끼가 처먹으라면 처먹지, 왜 안 처먹고 지랄이야! 처먹으라고 좀! 중학생 몸무게가 27킬로가 말이 되냐! 니가 사람이야! 귀신이지, 이 새끼야!"

"아아아아빠…… 먹을게요…… 먹을게요……."

영진이가 눈물 콧물 범벅이 된 얼굴로 거실에 놓여 있는

---

[*] 제 잘못은 생각하지 않고 남의 잘못만 나무람을 이르는 말.

개다리소반으로 기어가더니 허겁지겁 밥을 퍼먹는다. 밥은 씹지도 않고 처넣는데, 먹다가 절반은 게우고 다시 먹고를 반복한다.

"왜? 왜 또 그랬는데?"

이번에는 마누라에게 소리를 지른다. 그때 지인이가 방문을 열었다.

"그만 좀 하면 안 될까? 아빠, 나 고3인 거 알지?"

지인이가 드디어 등장했다. 발작을 시작할 태세다. 저렇게 처음에는 웃으면서 낮게 읊조리는 목소리로 비아냥대다가 결국엔 고래고래 소리를 지르며 몸부림을 친다. 그러다 흥분하면 벽에 머리를 부딪히면서 자해를 하는데, 책장이나 냉장고 같은 큰 물체에 부딪혀 기절하는 발작을 몇 번 일으켰다. 그러면 영진이 역시 그 모습을 보고 흥분해 갈라지는 변성기 목소리로 더 소리를 질러댈 테고, 아내는 구석에서 울기만 할 테지. 나는 이 모두를 진정시키느라 내 감정을 다스리지 못한 채 또 건너지 말아야 할 강을 건너야 할 터다.

"어, 그래그래 우리 딸~ 미안해, 미안해. 아빠가 정말 미안해. 정말 잘못했어. 우리 이쁜 딸 지인이…… 우리 지인이 미안해~. 마음 풀어, 응?"

유난을 떨며 온갖 애교를 보여야 한다. 아이의 감정이 폭발할 때 나까지 분노를 표출했다가는 네 식구가 한 번에 골로

갈 뻔한 경험을 이미 여러 번 했다. 참아야 한다. 그게 내가 이 삶을 사는 방법이다.

회사에 있는데 아내가 빨리 와달라고 또 호출을 했다. 종로에서 빨리 가도 한 시간 거리인데, 매번 재촉하며 빨리 와달라는 아내가 못 견디게 야속하다. 어려서부터 아팠던 아들이 오롯이 자기 생각을 표현할 수 있게 된 때부터 아내는 초등학생 지능을 가진 어른처럼 행동하기 시작했다.

지인이를 잘 달래 방으로 들여보내고, 아내에게 도대체 무슨 일이냐고 눈빛으로 물었다.

"밥 먹으라니까 안 먹고 또 제 방에 들어가서 초콜릿만 먹잖아. 그래서……."

"그래서 일하고 있는 사람한테 빨리 와서 애 좀 때려주라고 한 거야?"

"때리지 않으면 말을 안 듣는데, 어떻게 해 그럼?"

나는 영진이를 때릴 때마다 온 힘을 다해 아내도 때리는 상상을 한다. 니 새끼니 니가 어떻게 좀 해봐라. 맨날 나한테 때려달라고 하지 말고, 차라리 니가 좀 때리든가. 밥을 안 먹으면 잘 타일러보고, 타일러도 안 되면 안아서 달래고, 안아도 안 되면 데리고 누워서 토닥여도 보고, 그래도 안 되면 죽는 시늉이라도 해야 엄마 아니냐? 니가 저렇게 낳았으면 너도 감당을 좀 하라고!

하지만 실제로 매를 맞는 건 불쌍한 내 새끼, 내 아들이다. 애를 때리고 나면 손목도 팔도 아프다. 눈물도 나고 마음도 아프다. 영진아, 아빠가 미안해. 아빠가 미안해.

홀어머니 밑에서 자랐다. 내 어머니는 병에 걸릴 시간도 없을 만큼 바쁘고 팍팍한 삶을 살았다. 사춘기 시절 어머니에게 집적거리는 남자들을 향해 보이지 않는 공기 같은 주먹을 움켜쥐었지만, 내가 할 수 있는 건 아무것도 없었다. 그래서 공부만 했다. 성공해서 효도해야지. 우리 어머니 좋은 집도 사 드리고, 여행도 보내드리고, 날마다 맛있는 것 드시게 해드려야지. 다행히 머리회전이 빨랐던 데다, 어릴 때부터 눈치 보며 살아서인지 주변 상황을 파악하는 능력도 좋았다. S대에 입학해서 같은 대학에 다니는 아내를 만났고, 대학 졸업 전에 스톤 인터내셔널에 입사해서 결혼도 했다. 결혼과 동시에 집을 장만했고, 눈 깜짝할 사이에 아이가 둘이 되었다. 그런데 한 아이가 아팠다. 여기저기 검사를 받으러 다니느라 정신이 없었다. 그 외중에 매번 울기만 하는 아내를 달래고, 급기야 우울증으로 여러 번 사고를 낼 뻔한 아내와 아이들을 살피느라 나는 효도할 기회를 매번 미뤄야만 했다. 그사이 내 어머니는 돌아가셨다.

질병도 없이 마알갛게 깨끗한 몸 상태로,

곡기를 끊으시곤

가만히 누워 계신 상태로.

◇

회사는 나의 도피처다. 그렇다고 늘 좋은 꼴만 보는 건 아니다. 얼마 전 현과장이 단협을 다 보았고, 노동조합 업무 경험을 쌓아 성장하고 싶다기에 사장의 *끄*나풀이라도 좀 쓰면서 나도 취할 건 취해야지 싶어 허락했는데, 역시 일은 안 하던 것들이 하면 사고를 치기 마련이다. 조합 지국장 앞에서 그 자식이 어처구니없는 한마디를 하는데, 영진이 팩듯 사정없이 팰 뻔했다.

"네? 영업사원들이 지금 렌트카가 있어요? 급여로 주유비 지원받잖아요. 근데 그게 자차가 아니라 회사에서 준 차였어요?"

사장의 총애를 받는 놈이지만 더 이상은 어쩔 수 없었다. 사장은 마지못해 내 편을 들었지만 현과장을 다른 데 보낼 마음은 없어 보였다. 사장의 마음을 확인했으니 다음 일에 착수해야 했다. 이혜정을 불렀다. 까칠하기로 소문이 자자했다. 나 역시 썩 마음에 들지 않아 티도 안 나는 급여 업무나 주고 있었다. 주간 미팅 때도 말 한 번 시켜본 적 없고, 뭐라 먼저 말하는 법도 없었다. 학력은 나쁘지 않았지만 콧대 높은 애들은 그렇게 관리하는 게 딱이니까. 그런데 이젠 선택의 여지가 없었다. 일을 해야 하는데, 머리 없는 놈한테 더 이상 맡길 수는 없었다.

"이혜정 씨, 혹시 단협 읽어봤어?"

"네, 봤습니다."

대답하는 태도가 딱 정내미 떨어진다. 사근거리는 구석이라고는 조금도 찾아볼 수 없고, 끝까지 지가 잘났다는 말투.

"담당도 아닌데 왜 읽어봤어?"

"급여 업무를 하는데 단협을 모르고서는 할 수가 없었습니다. 캐시 베네핏이 워낙 다양하고 변동이 많은 데다, 지난 급여 파일의 데이터만 가지고서는 그 패턴을 찾기 힘들어 단체협약을 볼 수밖에 없었습니다."

막힘없이 대답하는 모습을 보고 있노라니 당차면서도 조심스러움을 겸비한 게 볼수록 마음에 들었다. 오케이, 당첨! 싸가지 없이 콧대 높은 거야 데리고 일 가르치면서 싹을 자르면 될 터.

사장한테 이야기해 이혜정을 바로 대리로 승진시켰다. 생각보다 싹수가 있어 보이고, 지금 상황에서 대안은 이혜정뿐이며, 학력도 좋은데 기왕이면 일을 더 많이 시키는 게 회사

입장에서 낫지 않겠느냐고 사장을 꼬드겼다. 귀 얇은 인간은 언제나 다루기 쉽다.

"시키지도 않은 일을 찾아서 하고, 궁금한 거 있으면 무턱대고 물어보는 게 아니라 스스로 찾아보고, 그래도 모르면 또 물어보고 일하는 생각 있는 직원이더라고요. 대졸 공채로 입사해서 묵묵히 제 할 일도 잘 해왔고요. 이번 조합 건도 시켜보니까 손이 얼마나 빠른지, 척척 해올리는 게 그동안 제가 아랫사람 파악을 잘못했구나 싶어 반성했습니다."

과장한 부분은 없지 않았지만 거짓은 없었다. 말을 전혀 안 할 때는 몰랐는데 의견을 물어보면 제 할 말을 거침없이 다 하는 게 장점이자 단점이고, 일할 때 의견도 많고 제가 납득되지 않으면 순순히 '네' 하는 법이 없어 괘씸하지만 그만큼 생각하고 일한다는 증거였다. 현과장은 슬슬 피를 말려 다른 부서로 보내버리고 이혜정을 잘 다듬어보아야겠다.

같이 일하면서 이혜정의 장점을 더 많이 발견했다. 솔직히 몸매만 잘빠진 콧대 높은 여자일 거라 생각했는데, 기대 이상이었다. 뛰어난 추진력을 갖고 있었고, 매번 딴지 걸 듯 툭툭 던지는 질문도 생각지 못한 예리한 것일 때가 많았다. 나는 어느새 아랫사람들이 하는 이야기들을 충분히 들은 뒤에 의견을 내놓는 매니저가 됐다. 이혜정에게 의존하는 부분이 갈

수록 늘어났다. 기존의 급여 업무야 말할 것도 없고, 조합 업무도 교육 기획도 채용도 일을 주는 족족 마음에 들게 해왔다. 이 일을 왜 해야 하느니, 목적이 뭐냐느니, 기대하는 성과가 뭐냐느니 질문이 많아 가끔 짜증이 났지만 그만큼 중간 보고와 결과 보고가 딱딱 들어와서 자연스레 더 많은 일을 주었고, 그걸 해내고 싶어하는 이혜정은 야근하는 일이 많았다. 집에 가는 것이 곤욕이었던 나 역시 회사에 있는 시간이 늘어났다. 자연스럽게 함께 점심도 저녁도 먹었고, 늦게까지 야근하는 날이면 야식을 먹여 들여보내기도 했다. 왠지 집에서 느끼는 답답함도 이혜정과 있으면 해소되는 것 같았다. 어느 순간 일도 마음도 이혜정에게 자꾸 의존하게 됐다. 그러면서 인간 이혜정에게 관심이 생겼다. 그런데 그 아이 자기 얘기는 도통 하지 않았다. 그래서 어느 날, 우리 아들 얘기를 꺼냈다.

아들 영진이는 네 살에 열발작이 왔다. 자폐가 시작된 것은 아마도 그 후라고 생각한다. 아니, 어쩌면 이미 자폐를 안고 태어났을 수도 있다. 병원에서는 반응이나 말이 빠르지 않은 아이라 자폐 시작 시기를 정확히 구분하기 힘들다고 했다. 하지만 나는 그 열발작 이후라고 믿고 있다. 그 열발작이 아니라면 아내의 임신 중 부주의를 탓할 것이 뻔했다. 열발작이 원인이라고 생각해야 덜 괴로울 수 있고, 책임감으로 살아낼

타인의 미래

수 있을 것 같았다. 아내가 나 몰래 잘못한 것이 있다면, 내가 인간의 힘으로 알아낼 수 없는 아내의 잘못이 있다면 평생 용서하지 못할 것이므로. 열발작이다. 열발작 때문에 영진이가 이렇게 되었다. 다른 이유는 없다. 절대로.

열발작이 온 후로 아이의 지능은 멈춘 듯했다. 불러도 대답하지 않았고, 다른 사람에게 관심을 기울이지도 않았다. 여섯 살이 되어서 처음으로 말을 텄는데, 주어와 동사만을 말할 뿐이었다. 그것도 질문에는 답하지 않고, 자기가 말하고 싶을 때만 말했다.

열 살쯤 되면서는 지나가는 사람을 으스스한 표정으로 바라보다 알 수 없는 미소를 짓는 아이를 보고 놀라 기겁하는 사람들이 많아졌다. 그때마다 나는 땅에 이마가 닿도록 사과를 하고, 그 사람들 보란 듯이 길바닥에서도 영진이를 두들겨 팼다.

"죄송합니다. 아이가 아파서…… 애가 무슨 뜻이 있어서 그러는게 아니라 좀 모자랍니다. 정말 죄송합니다."

영진이에게 사춘기가 오자 더 힘들어졌다. 집안 아무데서나 자위를 했다. 밥을 먹다가도, 엄마가 책을 읽어주는 동안에도 자위를 했다. 아내는 그때마다 나에게 전화를 걸어서는 울면서 소리를 질렀다.

"영진이가! 영진이가!"

"잘 다독여서 방으로 들여보내."

"지금 밥 먹는 중인데 저래! 어떻게 해!"

"그럼 밥을 방으로 넣어줘."

아내는 그 뒤로 아예 밥상을 따로 차려 영진이 방 안에 넣어주었다. 어느 날 퇴근하고 밥상을 치우려는데 밥그릇이 핥은 듯 너무 깨끗했다.

"영진아, 밥을 이렇게 잘 먹었어?"

그랬더니 애가 배시시 웃었다.

"영진아, 밥 맛있었어? 엄마가 반찬 뭐 해줬어? 반찬도 깨끗하게 다 잘 먹었네?"

영진이가 또 웃었다.

"영진아, 밥 맛있었냐고! 웃지 말고 대답을 하라고!"

애를 또 때렸다. 상상 속에서 애엄마도 때렸다.

"아아아아빠…… <u>으흐흐</u> 맛이이썽……. 마시이써성 또 먹을려고 여기다 숨겨뒀었지…….'

영진이가 옷장 서랍을 열었다. 서랍 바닥에 제 티셔츠를 몇 장 깔아 그 위에 정성스레 음식을 쌓아두었다. 오늘이 처음이 아닌 듯 곰팡이가 피어 냄새가 진동하는 음식이 더 많았다.

"영진아! 이 새끼가아!"

"악악악 아악! 아빠 왜 그러세요…… 왜 그러세요…… 아

타인의 미래

빠 밥 잘 먹을게요…… 밥 잘 먹을게요…….”

영진이는 울먹이며 허겁지겁 서랍 속의 음식을 집어먹기 시작했다.

“영진이는 섭식장애를 갖고 있어요. 기본적으로 성장하는 것에 대한 두려움이 있는 것 같아요. 키가 크는 것, 살이 찌는 것, 그렇게 어른이 되는 것에 대해서요. 성장하는 과정에서 발생할 수밖에 없는 것들에 대한 두려움 말이죠. 혹 성장하는 것에 대해 부정당한 경험이 있나요?”

영진이 주치의가 아이가 가진 근본적인 두려움이 성장하는 것이라고 못을 박자 괴로움이 중첩되었다.

내 이야기를 들은 혜정이의 눈에 눈물이 고였다. 너무 예뻐서, 가슴이 벅차서, 순간 그 애를 확 안고 싶었다. 혜정아, 나도 울고 싶다. 너를 안고 나는 울고 싶다. 너를 품에 안고 하룻밤만이라도 꿈꾸지 않는 밤을, 고통이 없는 밤을 보내고 싶다.

“이제 이과장 니 얘기 좀 해봐라.”

형제는 있는지, 부모님은 뭐 하시는지, 고향은 어디인지 물었다. 그런데 혜정이는 싸늘한 표정만 지을 뿐 답이 없다.

기지배. 까칠한 게, 매력적이다.

비밀이 있는 것 같은 애.

알고 싶다, 너.

갖고 싶다, 너.

매일이 고통이었다. 이쁜 혜정이의 얼굴을 보면 가슴이 보고 싶었고, 가슴을 훔쳐보고 나면 엉덩이를 보고 싶었다. 자신에 대해 무엇 하나 말하지 않는 그 아이에 대해 속속들이 알고 싶어졌다. 목을 따 내장까지 꺼내어 핥고 다시 넣어 목을 덮은 뒤, 내 마음대로 죽여 살려 하고 싶었다. 나에게 목을 매고, 내 사랑에 구걸하게.

매일 일을 더 많이 주었고, 그걸 다 해내려고 미련을 떨고 앉아 있는 그 애에게 조금씩 다가갔다. 자연스럽게 손목을 잡았고, 그후엔 손등을 문질렀다. 특별히 거부하지 않는 걸 보니 나에게 호감이 있는 게 틀림없었다. 그래서 제안했다. 제주도에 가자고. 그런데 갑자기 자기가 왜 가느냐며 화를 냈다. 할일이 많다고. 일은 너 혼자 하냐? 1박 2일 사전 답사 때문에 일을 못하면 하지 말라고, 다 때려치우라고 소리치고 싶었지만 그 애 성깔에 정말 다 때려치울 것 같아 겨우 참았다.

그 애 때문에 화가 나고 미웠지만, 또 예뻐서 미칠 것 같았다. 눈앞에 있어도 어쩌지 못하는 내가 한심했다. 원래 안 그러는데, 너무 참을 수가 없어서 사무실에서 자위를 막 시작하고 있었다. 그런데 하필이면 그때 혜정이가 내 사무실 문을 노크하며 툭 들어왔다. 혜정이가 쑥스러운 듯 살며시 웃고 있다. 그 애 향기가 열린 창문 틈으로 불어온 바람에 실려 나를 훅 껴안는다. 들어오라고 말도 못하고 황망하게 있는데, 어느 순간 내 앞에 마주 앉아서 업무 보고를 하고 있다. 한 손은 아직도 내 그것을 잡고 있다. 순간 정신을 차리고 "이것밖에 못해! 다시 해!" 하고 소리를 버럭 질렀다.

혜정아, 나 좀 어떻게 해주라……. 제발…….

저도 이제 눈치를 챘는지 제주도에 가자고 했다. 여행사 강사장에게는 미리 얘기를 해뒀다. 우리 직원들이 갈 만한 리조트는 이미 정해놨지만, 몇 군데 더 보게 일정과 코스를 잡으라고. 그리고 시설이 어떤지 보게 하루 무료 숙박은 어디든 빼두라고 했다. 이번에는 혜정이를 안을 수 있으리라. 이제 와서 딴말은 안 하겠지.

비행기에 타니 기분이 너무 좋았다. 이렇게 젊고 늘씬하고 예쁜 여자와 함께 있는 나를 모두 부러워하는 눈치다. 승무원은 벌써 우리 사이를 눈치채고 나에게 눈짓을 보낸다. '네, 맞아요. 우리 그렇고 그런 사이예요' 하며 나도 눈을 찡긋해 보였다. 비행기에서 내릴 때 눈치 빠른 그 승무원이 좋은 여행 되시라고 인사를 한다.

"아, 네~ 네~ 고맙습니다. 감사합니다아~."

힐끔 혜정이를 본다. 차가운 기지배. 웃어라 좀.

오후 내내 아주 힘들었다. 뻔히 알면서 내숭을 떠는 혜정이 때문에 계속 숙소를 보러 다녔다. 이것저것 따지고 헤아리고 정말 일하러 온 것처럼 행동했다. 대강 하고 얼른 가자고 눈치를 보내도 '상무님 이거 어떠세요?', '상무님 이거면 되겠어요?' 하며 자꾸 일을 만들고 자빠졌다. 대강 하고 그만 놀러가자고 이것아.

"이과장, 이쯤이면 됐어. 이제 바다나 보러가자."

제주도까지 순순히 따라왔으면서 자꾸 튕기는 게 영 못마땅하다. 요즘 애들은 당돌하고 솔직하다던데, 얘 진짜 천연기념물 아냐?

비양도를 보니 거친 파도가 일던 마음도 한결 잦아들었다. 지는 해를 가득 머금은 비양도의 바다는 따뜻하고 잔잔해서 그냥 거기 누워도 좋겠다는 상상을 했다. 그런데 어느 순간 혜정이가 보이지 않았다. 나 혼자 두고 간 거 아니지? 조바심이 나서 여기저기 두리번거리다가 바지가 젖는 줄도 몰랐다. 그때 파도가 빠진 저쪽에서 벙벙한 흰 니트에 아줌마 바지를 입고 맨발로 모래사장을 걷고 있는 혜정이가 보였다. 아, 지지배 진짜 미치겠네. 너무 예뻤다, 혜정이는. 적당히 긴 머리, 긴

타인의 미래

팔다리가 역광에 유독 날씬해 보였다. 헐렁한 니트를 입어도 감춰지지 않는 저 풍만한 가슴과 아줌마나 입는 바지를 입어도 자태를 뽐내는 그 몸.

(오늘 밤 너와 나 단둘이서 파리파리~. 몸도 덩실, 마음도 덩실~. 아, 침 나와.)

저녁은 어떻게 먹었는지 기억도 나지 않는다. 요즘 애들 식으로 거두절미하고 본론으로 들어가면 이혜정 자존심에 쉽게 네, 할 것 같지도 않아서 부랴부랴 돔베고기 몇 점 집어 먹고 취기에 의지하고자 안 먹던 소맥도 여러 잔 마셨다. 숙소는 어디면 어떠냐 싶은데 혜정이는 자꾸 워크숍 얘기를 한다. 아무데나 가자, 혜정아. 가까운 데로.

편의점에서 맥주도 사고 이제 분위기 잡고 얘기 좀 하려는데 애가 술도 안 마시고 협조를 안 한다. 제주도는 마음 접고 있었는데, 본인이 오자 해놓고 이렇게 모른 척하기야?

"이과장, 일 얘기 좀 그만하고, 편안하게 한 잔 하자."

"상무님, 오늘 한 20킬로는 걸은 거 같죠? 아, 너무 피곤해요. 이제 자야겠어요."

"너는 오자마자 들어가서 자라고 하는 거냐? 얘기나 좀 하다 자자니까!"

"저는 그만 잘래요. 안녕히 주무세요……."

네가 오자고 했잖아! 네가 오자고 해놓고, 사람 마음 설레게 해놓고 왜 그래! 가지 마, 제발! 제발 나 한 번만 안아줘…….

나도 모르게 혜정이의 손목을 휘어잡아 홱 돌려세웠다. 그 애를, 혜정이를 안았다. 따뜻하고 포근하고 보드라운 복숭아 향이 났다. 더 와락 끌어안고는 입을 맞추었다. 그런데 갑자기 나를 확 밀쳤다. 씨발, 이년이! 지가 꼬리쳐놓고 사람 병신을 만드네!

영진이, 영진이가 필요하다. 영진이가 있어야 한다. 분명히 영진이가 또 서랍에 음식을 넣어뒀을 거다. 서랍을 열면 애새끼 정액이랑 곰팡이가 뒤섞여 역겨운 냄새가 나겠지. 그 냄새에 꼭지가 돌아, 그래 어디 하나만 걸려봐라 하는 와중에 애엄마가 또 말하겠지. "여보, 영진이가…… 영진이가 있잖아!" 그럼 애를 두들겨 패야지! 너를 이렇게 낳은 니 엄마를 때리고 싶은 만큼 그만큼만 더 맞자! 영진아, 영진이 이 새꺄.

숙소 식탁에 앉아 맥주캔을 들이켰다. 저쪽 복도 끝에서 덜그럭덜그럭 소리가 난다. 일어나 싱크대 서랍을 열어봤다. 방 열쇠가 어딘가 있을 거다. 모든 서랍을 다 열어봐도 방 열쇠는 보이지 않았다. 다시 앉아 맥주 한 캔을 더 땄다.

타인의 미래

"오빠~. 오늘 오빠가 좋아하는 오징어볶음 했는데 괜찮아?"

혜정이가 몸매가 드러나는 원피스에 흰색 레이스가 달린 앞치마를 맨 채 나를 보며 웃고 있다. 오징어볶음 양념이 입가에 묻어 있다. 그 모습이 너무도 섹시해서 마른침이 가느다란 목구멍으로 넘어간다. 그 애 입가에 묻은 양념을 내 입술로, 혀로 핥는다.

목이 탄다. 남은 맥주를 마저 들이켰다. 가슴이 두근거려 참을 수가 없다. 식탁에 앉아 넓디넓은 거실을 바라본다. 대리석 바닥에 고풍스런 원목 가구가 늘어서 있다. 이렇게 좋은 곳은 처음 와본다. 여기서 나 절대 혼자 안 자. 못 자. 거실로 가서 TV 서랍장을 뒤진다. 여기도 열쇠가 없다. 어딘가에 분명 열쇠가 있을 텐데.

오빠, 왜 안 와? 얼른 와…….

현관으로 간다. 신발장만 열 자는 되어 보였다. 문을 모두 열고 서랍을 하나씩 열었다. 식탁 의자를 가져다가 손이 닿지 않는 위쪽 서랍까지 다 열어본다. 구두주걱, 구두약, 모기향, 목장갑. 오만 것들이 다 나온다. 씨발! 살림 사는 집도 아는데 뭐가 이렇게 많아! 혜정이가 부르는데, 혜정이가 부르는데 갈 수가 없다. 순간 어디선가 아내가 나타나 소리친다.

여보! 영진이가 또……. 또…….

니가 좀 알아서 해! 제발 좀!

어쩔 수 없다. 주방에서 칼을 찾는다. 끝이 단단하고 날카로워 보이는 칼을 들고 방문을 열어볼 작정이다. 처음 두 방은 문이 열려 있다. 하나하나 방문을 열었다. 이제 나머지 두 방 중 하나다. 둘 중 하나만 열면 된다.

여보, 영진이가!

영진이 이 새끼 죽도록 맞아야 정신을 차릴 텐데. 여보, 여보 미안한데 조금만 기다려봐. 그 새끼가 잘못한 거 내가 아는데, 내가 지금 좀 바빠서. 이것만 끝나고 가서 내가 때려줄게. 걱정 말고, 응?

문이 열릴 듯하면서도 안 열린다. 잠금장치 쪽으로 칼을 넣어본다. 덜거덕거리며 마구 움직인다. 응? 이상하네. 혜정이요 앙큼한 거, 문도 안 잠그고 자네. 아씨, 괜히 열쇠 찾는다고 설쳤네. 어느 방인지 알려주고 오라고 했으면 내가 이 고생을 안 했잖아.

얌전히 누워 있는 우리 혜정이. 벌써부터 달콤한 복숭아향이 난다. 향을 좇아 침대로 다가간다. 살며시 옆에 누워 이불을 덮으려는데, 갑자기 허리에서 불길이 솟는 것 같다. 우지끈 소리가 난다. 어둠 속에서 나를 보고 웃는 혜정이를 보자 소름이 끼쳤다.

타인의 미래

혜정아, 나한테 왜 이래. 이러지 마. 네가 같이 오자고 했잖아. 네가 문도 안 잠그고 나 기다리고 있었잖아.

영진아, 영진아!

영진이, 너 이 개새끼!

바벨탑

최윤영(40), 서울시 용산구 동부이촌동

퇴근하는 남편의 위치를 스마트워치로 전송받는다. 도착 25분 전, 잔여 에너지 30퍼센트. 아마도 배고픈 줄도 모르고 퇴근 중일 게다. 냉장고 화면을 통해 남편의 에너지를 고르게 향상시킬 수 있는 재료별 저녁 메뉴가 추천된다. 카레라이스, 소고기 야채볶음밥, 삼겹살 구이와 부추무침. 메뉴별 소요 요리 시간을 보고 뜨끈한 카레라이스로 결정한다. 카레라이스가 준비되는 데 13분. 냉장고에서 밑간이 된 소고기 큐브를 꺼내 팬에서 살짝 볶는다. 볶은 야채 포장을 벗겨 양수냄비에

타인의 미래

넣고 데운다. 고형 카레를 카레라이스 전용 밀크에 담가 3분. 볶은 고기를 데운 야채와 한데 넣고 카레를 섞어 중불에서 뭉근하게 끓여낸다. 밥솥에 밥이 충분한 것을 확인하고 남편의 일과를 점검한다.

오늘 그의 키워드 #애국정책 #내년도사업계획 #물류센터 디바이스팀강한나사망 #코스피하락 #중국증시하락 #8G #어머니기일.

직원이 죽었나 보네. 저런…….

남편 감정선 day-옅은 초록, month-초록, year-초록.

오케이, 좋아!

남편 성욕 만족도 50% per day, 30% per month.

어제 섹스해서 백퍼센트 맞춰놨더니 그새 절반이나 내려갔네. 당신이 인간이냐, 금수지.

저녁식사를 준비하는데 지호가 스테디움에서 돌아온다는 메시지가 온다. 아이의 감정 상태가 노란색이다. 무슨 일이 있었나? 스테디움에서 보낸 메시지를 살펴본다. #학업성취도 92%, #그룹릴레이션십93%. 그런데 왜 노란색일까? 식사를 준비하면서 스테디움에서 녹화된 지호의 모습 중 아이의 감정선이 경고와 위험을 넘나드는 구간을 재생해본다. 주방 스크린을 통해, 지호가 아끼던 텀블러를 손에서 놓쳐 깨뜨린 모습을 확인한다. 별것 아닌 일에도 감정이 흔들리는 아이가 걱정이다. 일단 같은 텀블러 하나를 구매하라고 AI스피커 쥬디에게 오더한다. 지호의 영상을 살펴본 김에, 클래스 안에서의 개별 학업성취도 확인한다. 영상 인식 및 인지율, 블루투스로 연결된 공간에서의 감정과 논리적 활용의 정도, 음성언어 표현력 모두 이상 없다. 지호가 특히 관심 있는 영역은 이탈리아 메디치 가문의 성장 배경이고, 전 세계에 존재하는 영상물의 75퍼센트를 데이터화하여 습득했다는 리포트를 확인한다. 다 컸네.

주차장으로 남편의 차가 들어오고 엘리베이터가 내려간다. 빌레로이앤보흐 아우든펌 면기를 저울에 올려 0을 맞추고 냉장고가 추천해준 대로 밥과 카레의 무게를 맞춰 옮겨 담는다. 지호가 막 들어온다. 감정 컬러가 노란색이므로 수고했다고 한 번 안아주고, 손 씻으라고 유독 정답게 속삭이며 말해준다. 지호는 근육량을 늘릴 필요가 있어서 야채와 밥 대신 고기 위주로 담는다. 이제 열두 살 지호 키워드는 #피곤 #생물학숙제많아 #사랑이란뭘까 #텀블러 #수제햄버거 #여행.

남편이 문을 여는 소리가 들릴 때 머리를 잠시 매만진다. 세 식구의 저녁식사가 시작된다. 이미 서로의 감정선을 파악하고 있고, 주요 키워드도 파악된 상태. 지호만 본인의 키워드가 읽히고 있다는 사실을 모른다.

타인의 미래

정부에서는 기술이 인간의 생활을 이롭게 하는 범주와 그 기준을 정의하고, 전파 관리법을 개정했다. 아이들의 데이터는 친권자만 조회가 가능하며, 자녀의 데이터를 상거래에 활용할 수 없다. 최근 몇 년간 자녀를 유튜브 크리에이터로 양성하여 수백억 원의 자산가가 탄생하는 배경 속에 아동 착취 및 학대에 대한 이슈가 끊임없이 제기되었다. 아이와 함께 재미로 시작한 콘텐츠 생성이 이후 아이들의 감정 데이터를 이용한 돈 벌기에 활용되면서 어린 자녀의 정신적 스트레스가 극심해지고, 급기야는 아동의 우울증 및 자살로 이어지는 일이 지난 10여 년간 근절되지 않았기 때문이다. 일각에서는 일부 몰지각한 부모들로 인하여 규제가 많아지고 있다는 볼멘소리가 나오기도 했지만, 일반적인 가정에서는 아이를 양육하는 데 있어 참고 데이터로만 활용하므로 데이터에 대한 더 이상의 요구 사항이나 불만은 없었다.

"맛있네. 운전 중에 자기가 카레라이스 하는 중이라는 거 알려줘서 벌써부터 배가 고프더라고."

"그랬구나. 많이 먹어."

"엄마!"

지호가 나를 보며 싱긋 웃는다. 내 손목 스마트기기에 '나는 탄수화물 줄여야 해서 고기만 잔뜩 담긴 거지?' 하는 인지 내용이 전송된다. 나 역시 아이를 향해 살짝 웃어준다.

"기호 씨는 잘 지내? 소식은?"

"잘 있긴. 여전히 힘들어하고 있지. 기호 딸도 가엾고."

"몇 년이지? 혜정 씨 훈장받은 게?"

"5년 전. 시간 참 빠르다. 하긴 우리 지호가 벌써 이렇게 컸으니."

"곧 어머니 기일인 거 알지?"

"응, 그럼."

시아버지는 건강보험공단의 말단 과장이었는데, 조직에 대한 충성도가 매우 높았다고 한다. 시어머니가 오십대 초반부터 집안 내력인 간암으로 고생하자 시아버지는 시어머니에게 애국 훈장을 제안했다고 한다. 당시는 애국 훈장이 범국가적으로 홍보되던 때가 아니었고, 시범 운영 시기라 나이 제한도 없었다. 자식들은 아버지를 경멸했고, 고통으로 일그러진 시어머니는 남편이 순수한 직업정신으로 한 제안이라는 걸 알면서도 힘들어했다. 호진 씨가 자세히 얘기하기를 꺼려해서 나도 정확히는 알 수 없지만, 시어머니는 시아버지와 함께 운명하셨다고 한다. 시아버지의 직업상 장례는 센드뎀을 통해 치르는 것으로 묵인하여 진행되었고, 장례식장에는 아무도 나타나지 않았다고 한다. 호진 씨는 이 일을 평생의 고통으로 안고 있는 터였다.

밤이 되자 남편의 성욕 만족도는 10퍼센트대로 떨어졌다. 남성이든 여성이든 상대의 성욕이 30퍼센트 미만인 시간이 72시간 지속되고, 이를 문제 삼으면 이혼 사유가 되므로 오늘도 성을 제공하기로 한다. 남편의 감정 태그를 코멘터리 솔루션에서 다시 한 번 확인하고, 그의 감정 완화를 위해 제공받은 코멘터리대로 움직인다. 에릭 사티의 짐노페디 3번을 재생한다. 거실 중 남편이 가장 좋아하는 자리에서 코냑을 마실 수 있도록 카뮤XO 캡슐을 하나 꺼내 테이블에 올려둔다. 그는 예쁘게 가공된 얇은 유리잔에 올려두는 카뮤XO 캡슐을 좋아한다. 기분을 띄우는 동시에 차분하게 만드는 에센셜 오일 베르가못을 공기 중 20퍼센트가 되도록 분사한다. 코멘터리대로라면 40분 뒤에 그의 감정지수는 초록색, 그러니까 긍정과 열정 감정이 70퍼센트대로 올라올 것이며, 가라앉은 잔여 감정을 떨치고 난 뒤 허기지는 열정을 섹스로 요구할 것이라고 한다. 코멘터리가 추천하는 속옷은…… 지난번엔 차이나 치파오 코스프레여서 여간 거추장스러운 게 아니었는데 그것만 아니길. 이태리 최고급 레이스 속옷에 가터벨트까지 포함된 세트다. 최고급 레이스에 가터벨트라니 너무 언밸

런스 아냐? 이내 천박하지 않으면서도 원시적인 야성을 갖고 있는 남편의 성향이 떠오른다. 역시 코멘터리야. 남편이 거실에서 코냑 캡슐을 입에 넣고 잠시 소파에 기댄 모습을 보고는 방에서 속옷을 갈아입는다. 내 성적 욕구 지수는 23퍼센트임을 경고하는 코멘터리. 스마트폰을 통해 내 취향이라며 흑인 남자와 백인 여자, 동양 남자와 헝가리 부다페스트 여자, 돼지와 백인 남자의 섹스 동영상을 제안한다. 이게 내 취향이라고? 헐, 웃기시네. 내 취향은 이거지, 하며 다른 사용자가 시청한 동영상 중 부부 스와핑 12분짜리를 선택했다가 갑자기 마음이 바뀌어 본인만이 시청 가능한 디스크 인덱스를 검색하여 첫사랑과 사랑을 나누었던 장면을 재생한다. 성적 욕구 지수 99퍼센트. 마침 긴장이 완화된 남편이 방으로 들어오고 우리는 아무 말 없이 사랑을 나눈다. 남편이 잠든 뒤 나는 오퍼스 원 96년산 카버네쇼비뇽 캡슐 하나를 입에 털어 넣고 자리에 눕는다.

출근 준비를 시작한다. 누구를 방문할지 미리 검토한다. 오늘도 총 열 분의 노인이다. 코멘터리가 추천하는 출근 복장은 차분하고 우아하면서도 소득 수준의 정도를 드러내지 않는 검소한 회색 원피스. 하, 또 미망인 같은 옷을 입으라네. 오늘 만날 분은? 아, 얼마 전 아내를 잃고 혼자되신 78세의 이강우 씨. 그럼 입어야지. 미망인 같은 옷.

　　정보통신부 개인정보국관리센터에서는 국민의 생활 편의 증대 및 행복감 향상을 위하여 지속적으로 코멘터리 서비스를 제공하고 있다. 코멘터리는 정부 산하 빅데이터를 활용하여 제공하는 무상 서비스이지만, 무료 코멘터리에서 제공하는 도서, 음원, 식품 등의 상품과 서비스를 제안하는 것은 별도의 입찰을 통해 지정된 수행사 역할이다. 구매자는 해당 재화와 서비스를 소득 기준으로 납부하는 세금 정도에 따라 할인받아 구매한다. 실버보험공단에서 노령인구 대상의 코멘터리 수행사를 선정하여 70세 이상의 노령인구를 지속적으로 면대면 케어하는 사업을 운영하고 있다.
　　지정 노인을 방문하여 혈압, 혈당, 심전도, 심박수 등을 측정하는 기기의 오작동 여부를 우선 점검한다. 이후 노인의 건강 상태를 점검하고, 코멘터리대로 조리되어 제공되는 식단의 적합 여부와 노인의 식단 만족도 등을 인터뷰를 통하여 파악한 뒤 노인을 대신하여 전산망에 접속하여 기록하고 피드백을 남긴다. 노인이 거주하는 곳에서의 모든 전기장치와 가구, 물품 등의 안전도를 체크한 뒤 10분간 노인과 대화 후 그분의 심리 및 감정 상태에 대한 종합 의견을 남기는 것이 주 업무로, 난이도 있는 일은 아니다. 대부분 개인의 스마트기기

코멘터리를 통해 노인도 내 감정 상태 및 심리 상태를 전달받기 때문에 특별히 대화할 사항은 없지만, 약 20여 분간 노인의 집에서 일련의 주어진 일을 수행하다 보면 간혹 위험할 수 있는 사실을 발견하는 경우가 있다. 예를 들면 이제는 거의 완치되어 사라진 치매 증상이 놀랍게 발견된다거나, 갑작스러운 호흡 곤란이 온다거나, 기기 오작동으로 발견하지 못한 노인의 감정 상태 등에 관한 것이다. 물론 내가 가장 피하고 싶은 것이 이런 돌발 상황이다.

이강우 씨가 고개를 들어 나를 바라본다. 적당한 친절함으로 웃으며 목례를 한다. 그가 스마트기기를 손가락으로 가리킨다. 나는 알겠다는 의미로 고개를 끄덕인다. 체크리스트대로 모든 사항을 점검한 뒤 대화를 위해 서로 마주보는 거실 테이블로 자리를 옮긴다.

"아무 이상 없으세요. 집안 상태, 이강우 님 신체 건강과 감정 상태 태그 모두 확인했고, 특별한 병원 진료나 상담 필요 없으세요."

이강우 씨가 고개를 끄덕끄덕 움직인다.

"으응, 거. 여, 여에 지금 응응."

이강우 씨는 언어 능력이 현저히 퇴보해 있다. 아주 잘생긴 얼굴은 아니지만 호남형에 체격 조건도 좋다. 기록을 보니

60대 초에 뇌졸중을 겪었다. 뇌졸중 치료 중 아내의 요청으로 이곳 요양원에 입소했고, 입소 후 4개월째 이강우 씨의 딸이 애국정책으로 사망한 소식을 뒤늦게 알고 극심한 우울증 끝에 첫 번째 자살 시도. 그 이후 수차례 자살 시도 기록이 남아 있다. 마음이 짠하다. 그 과정에서 아내와 이혼하셨다.

이강우 씨가 스마트기기를 손가락으로 가리키며 '이거'라고 특정한 뒤, 지금 흐르는 음악을 가리키듯 허공으로 손을 들어 '그거' 하기에 "네, 음악 좋네요, 어르신" 했더니 손을 휘휘 내저으며 종이를 가리킨다.

코멘터리에서 추천한 대로 재생되는 음악의 제목을 쥬디를 통해 확인한다. 'Flower dance, DJ Okawari'라고 써서 보여준다. 꽃의 왈츠. 2010년 곡이다. 이강우 씨의 젊은 시절을 잠시 상상해본다. 더 이상 자유롭지 않은 껍데기 같은 몸을 가진 그는 매일 어떤 생각을 할까. 사람들이 바벨탑이라고 부르는 이곳, 150억 원가량의 자산이 있어야만 입주할 수 있는 이곳에서 이강우 씨는 행복할까. 이강우 씨의 삶이 눈부신 봄날 바람에 떨어지는 벚꽃에 오버랩된다.

체크리스트대로 업무를 마치고 이강우 씨가 원하는 음악을 바로 들을 수 있도록 스마트기기에 설정을 추가했다. 창밖을 내다보는 이강우 씨의 뒷모습을 바라본다. 업무 패드에 열

거된 그의 해시태그를 본다. #그리움 #이루 #이리 #이다 #희진 #죽일놈의애국정책 #소은영 #지겨운측정기 #죽고싶다. 이강우 씨의 해시태그가 가슴속에 오롯이 새겨진다.

이 일을 시작한 초반, 노인 한 분, 한 분의 감정을 오롯이 드러내는 이 키워드 덕분에 무수히 많은 시간을 불면과 괴로움으로 보냈다. 이제 많이 나아졌다고 생각했는데, 다시금 불편한 감정에 휘말린다. 독거노인을 위한 의미 있고 지속가능한 복지가 무엇일지 생각하며, 다음 분을 찾아뵙기 위해 신발을 돌려 신는다. 'Flower dance'가 반복 재생을 시작한다.

"이강우 씨."

"……."

"어르신, 어르신 이제 그만 가보겠습니다."

"……."

한 집에 약 20여 분, 하루에 열 가구를 방문하고 일을 마치면 약 4시간이 소요된다. 한 분, 한 분에 대한 리포트를 최종 검토하고 전송을 누르면, 해외의 면대면 서비스 사례가 담긴 영상 자료가 하나씩 온다. 반드시 시청을 완료해야 한다. 요양원의 시설도, 면대면 서비스를 위해 해야 하는 업무도, 대화도 전 세계 어디나 비슷하다. 교육 영상 속 우수사례에 나오는 대화의 기술까지도 똑같다. 자막이 필요 없을 정도로 전

타인의 미래

세계 모든 노인을 위한 면대면 서비스가 같다. 면대면 서비스라는 명칭이 무색할 정도로 대화가 없는 노인 케어 서비스. 전파국에서 관리되는 데이터를 스마트기기를 통해 전달받으면 그만이고, 시력의 문제로 보이지 않으면 자신이 편한 음성 언어로 코멘터리를 들으면 된다.

개인정보국 데이터센터에는 전 국민의 출생부터 현재까지의 모든 이미지와 음성, 동영상이 저장되어 있을 뿐 아니라, 개개인이 관계하고 있는 모든 인간관계의 이미지, 텍스트, 음성 데이터 역시 누적되어 있다. 그러니 30년 전 아이가 초등학생일 때의 영상이 보고 싶거나, 그때의 누군가와 대화를 하고 싶다면 코멘터리에 요청하면 된다. 원하는 시점으로 돌아가 그 시절의 누군가와 대화하고, 촉감은 느끼지 못하더라도 입체 영상을 마주할 수 있다. 그리움이 쌓이면 그리움을 해소케 해달라고 코멘터리에 요청하면 그만인 셈이다. 단, 과거로 돌아가 그리운 이와 대화한 뒤 밀려오는 감정의 소용돌이는 오롯이 개인이 감당해야 한다. 이것을 감당하지 못하고 세상을 떠나는 노인이 늘면서 코멘터리는 감정지수를 저해할 만한 요청에 대한 위험성을 경고하고, 이를 충분히 이해했고 위험을 감수하겠다고 동의하는 사람에 한해서만 솔루션을 제공한다. 그럼에도 불구하고 코멘터리에 의존하는 노인이 늘고 있다. 그들은 신체와 정신이 오롯이 내 의지대로 움직이던 시절을 만나면, 더 이상 코멘터리 속 관계에서 살 수 없다는 것을 깨닫고는 괴로움을 떨치지 못한다. 과거로 돌아가 만나는 그 순간의 행복에 취하거나, 혹은 후회스러운 시점으로 돌아가 다시 과거를 고쳐보려 하지만, 이미 각자 저장된 경험과 기억을 바꾸지 못하는 안타까운 순간을 반복하면서 절망감을 느끼게 되는 것이다. 코멘터리는 찰라의 봄날 같은 생동감을 안겨주는 대신, 현실을 마주하는 인간의 마지막 한 줄기 영혼까지도 쪽 빨아들이는 기술적 마약임에 틀림없다.

2주 뒤, 방문자 명단에 이강우 씨가 없는 것을 확인한다. 고객이 상담사 교체를 요청하거나, 다른 행정지역의 요양원으로 이주하였거나, 혹은 사망한 경우다. 시스템에 접속하여 이강우 씨 데이터를 살핀다. 디지털 장례 완료. 그날 이강우 씨의 방 안에 울리던 'Flower dance'가 귓전에 울린다.

불휘깊은 오너십

임성현(51), 서울시 성동구 행당동

　영혼은 집에 두고 몸뚱이만 출근해서 좀비처럼 앉아 자리나 차지하고 있는 직원들을 보면 갑갑하다. 더 갑갑한 것은 일은 열심히 하는데 당최 성과라곤 없는 월급 루팡들. 도대체 오너십을 가지고 일하는 직원이 없다. 우리의 성장과 노력만이 조직을 살리고, 조직이 살아야 우리가 산다. 따라서 우리는 최고여야 한다. 인사 조직이 문제다. 최대한 보호하고 있지만, 너무 무능하다. 언제까지 윗선의 눈을 가리고 귀를 막을 수 있을까. 무능한 아랫것들 키우랴, 윗선들 비위 맞추랴, 이놈의 근로노예의 숙명은 시간이 흘러도 예나 지금이나 똑같다는 게 서글프다. 내가 인사 조직에서 해야 할 일은, 모든 조직의 구성원이 함께 일하고 싶은 동료만 회사에 남겨, 최고의 인재가 최고의 복리후생인 회사를 만드는 것이다. 그렇게 보면 전부 갈아치워야 할 것들뿐이다. 크리스털 덕에 내 의지를 실행할 수 있게 되었지만, 저 갑갑한 것들은 이런 상황을 알고나 있는 건지.

어디 보자…….

재무팀 정과장. 타 부서와 대화가 전혀 안 되는 인간이지. 거래처에 갑질은 물론, 직원들의 편의를 위해 마감 기한을 하루만 늘려달라 애원해도 인정사정없이 원리 원칙만 강요하는 고집스러운 무능력자.

무역팀 권부장. 너야말로 1순위다. 러시아 판로가 중요한데 러시아어는커녕 영어 한마디도 제대로 못하는 주제에, 아래 직원들이 올린 보고서는 모두 제 이름으로 둔갑시켜 성과를 착취해온 지 수년. 누가 모를 줄 알아? 평가 때마다 경고를 했는데도 달라지는 게 없는 인간. 2035년 올해만 무역팀 퇴사율이 30퍼센트다. 인사팀 소싱봇이 무역팀 전문 소싱봇이 될 정도다. 저런 시키들이 자리에 있으니까 회사가 발전이 없다. 근데 불행인지 다행인지 얼마 전에 마누라가 훈장을 받았

타인의 미래

다. 말이 좋아 훈장이지, 마누라가 그걸 신청하게 두다니. 팔자도 더러운 새끼. 그러게 왜 그런 사연 있는 애랑 결혼을 해서……. 아, 이런 새끼를 내보내기도 찝찝하고…….

마케팅 정상무. 조직에서 10년 넘게 해처먹은 인간이다. 광고를 찍으면서, 팝업스토어를 진행하면서, 홍보물품을 제작하면서 제가 나서 업체 비딩과 선정을 주도하고 아랫것들에게는 끼어들 여지를 주지 않아서 별명이 '정사원'이라……. 정말 골치다. 내가 받은 게 없지 않으니 이것 참 찝찝하네.

하, 공장도 문제다. 본사 하는 꼴 보니 스마트팩토리 들어오기는 틀렸는데, 와중에 불량률도 여전히 높고, 하는 일 없이 사무실에서 낮잠만 처자는 생산부장 김상훈이도 문제고. 사장이 괜히 찔러서 바로 조합에 가입해버렸으니 쉽게 내치지도 못하겠고. 아들이 변변치 못한 것 같던데 채용해준다고 하고선 내보내야 하나……. 진짜 그럴까? 그래야겠다. 오늘 본사 올라오라고 해서 단란하게 술이나 한 잔 하자고 해야지.

다음은 입사한 지 얼마 안 된 파이낸스 장상무. 이 인간이 역린이다. 요즘 아시아 리전 사장이랑 붙어먹으면서 날 골탕 먹이려 드는 게 한둘이 아니다. 지를 뽑아준 게 누군데 똥오줌 못 가리고 리전 사장한테 붙어? 나이도 어린 놈 상무로 뽑아줬더니 고마운 줄을 몰라. 니가 먼저 갈지, 내가 먼저 갈지 두고 보자, 이 시키.

영업부 김전무. 이 시키는 대학 후배, 첫 직장 후배, 이전 직장 후배들 끌고 들어와서 일 잘하는 직원들 내보낸 놈. 그래도 버티는 직원은 평가 결과와 급여 인상률 후려쳐서 전배는커녕 이직하게 만들었던 악질이다. 문제는 각 부서 이사들에게 어지간히 선물발림을 해놔서 유리한 여론을 형성하고 있다는 거. 이 새끼 조합이랑 붙어먹은 지도 꽤 된 거 같은데……. 매장 직원 정규직 전환 요구하고 나서는 영업사원 나부랭이들이 김전무 허락 없이 들이대는 걸까? 아, 내가 그 생각을 못했네! 김전무 이 새끼 조합이랑 붙어먹었다는 생각을 왜 못했지? 아, 데이터 접속만 가능하면 심증 말고 물증을 딱 잡는 건데. 답답하단 말이야…….

"박차장, 잠깐 들어온나!"

박소희(35), 경기도 안양시 평촌동

주주들의 이익을 높이는 것은 현존하는 기업의 최대 화두다. 기업의 사명보다 중요한 것은 조직 구성원이 그것을 얼마나 이해하고, 업무에 내재화하느냐다. 회사에 썩어 문드러진 인간들 천지다. 서로 물어뜯고 음해하고. 자신만 살아남기 위해 눈을 치켜뜨고 다니는 그들이 있는 한 회사의 발전은 없다.

타인의 미래

지난주 임상무 지시로 외주 청소업체 이슈를 정리했다. 청소 여사님들 관리업체에서 청소로봇을 운영하는 업체로 교체된 지 2년. 인간이 남길 수 있는 미약한 실수마저도 제로에 가까워졌다. 그럼에도 불구하고 청소봇 특성상 닿지 않는 부분에 대한 미완결은 존재할 수밖에 없었다. 로봇으로 청소도구가 변경되면서 비용을 대폭 절감한 것은 사실이므로 특이사항 없음으로 보고했다. 그랬더니 로봇만도 못하다며 인간적 모멸감을 느낄 정도로 깼다. 다시 청소봇의 한계 위주로 데이터를 모아 오라 해서 그런 데이터만 정리해 보고하니, 그 마이너한 결과값이 직원들의 호흡기 질환으로 번질 수도 있는 극도로 위험한 요소로 둔갑되어 위에 보고되었다. 결국 본인의 장인이 운영하는 청소업체로 변경하자는 보고서를 내 손으로 올려야 했다. 지난 10년간 자율주행차량 리스사, 청소용역 대행사, 전 직원의 70퍼센트에 달하는 파견 계약직 외주사를 임상무 멋대로 선정해가며 취했을 이익이 얼마나 될지 감히 상상도 못한다. 그때마다 임상무가 윤리 수준이 높은 팀원들로부터 행동 정정 요구를 받지 않은 것은 아니다. 하지만 다음 날 온데간데없이 사라지는 동료들을 보며 나는 아무 말도 하지 않고 그의 뜻을 따르는 길을 택했다. 실거주하는 평촌의 스물네 평 아파트가 이제 고작 13억이다. '바벨탑'이라고 불리는 최고급 요양원으로 들어가려면 이보다 열 배는 더 있어야 한다. 배우자도 아이도 없다. 부모님은 각자의 삶을 살다 디지털 장례 후 온라인으로 보게 될 것이 뻔하다. 몇 년을 더 살지 모르겠지만, 질병 보유자임을 인증하면서 애국 훈장으로 삶을 마감할 거 아니면 벌 수 있을 때 벌어야 한다. 요즘 같은 세상에 나 같은 인간이 일할 수 있다는 것만으로도 얼마나 행운인가.

임상무가 쉬쉬하고 있지만 크리스털이 시작되었다는 것을 이미 눈치채고 있었다. 일하면서 충돌이 있어온 이들을 숙청하며 버텨온 저 천 년 묵은 지네 같은 임상무가 정리해고 0순위다. 나는 오늘도 조직을 위해 희생하고, 조직만을 위해 일하는 오너십으로 그들의 하루를 숙청하고, 조직 내에서의 내 삶을 희생한다. 오늘도 닥치고 다음을 도모하자.

"박차장, 요즘 영업부 김전무 수상하지 않아?"
"무슨 일로 그러세요, 상무님?"
(임상무 당신만큼 수상한 사람은 이 회사에 없네요.)

"이현 씨, 오늘 우리 상무랑 박차장 하는 꼬라지 봤어?"
"네, 봤어요."

타인의 미래

"찌질이 둘이 뭐 한다니?"

"갈 데 없고 능력 없는 자들의 소꿉장난인데, 왜요? 관심 있으세요? 저 일 좀 해도 될까요? 저녁에 고양이 헤어샵 가야 해서 업무 중에는 말 시키지 말아주셨으면 좋겠어요."

"어, 미안. 그래, 일하자……."

요즘 것들은 싸가지는커녕 인간미도 없단 말이야. 내가 임 상무 자리만 가봐라, 너 같은 거 0순위로 확 그냥.

◇

[센드뎀에서까지 꼭 이렇게 부서별로 앉아야 하나?]

[어떻게 된 일이래요?]

[어떻게 되긴, 뭐가 어떻게 돼. 훈장받는 게 뭐 놀랄 일이야, 요즘 세상에.]

[권기호 부장님 어떻게 해요……. 딸이 이제 고작 여덟 살 이라든데…….]

[크리스털 상륙 작전 중에 와이프가 훈장받은 거 절묘하 지 않아? 누가 봐도 권기호 부장 1순위 아니었나?]

[아, 듣고보니 그러네. 이번에 크리스털 상륙 작전에서 권 부장 내보내면 동정심 불러일으켜서 기사화되고 그럴까봐 회 사도 봐주는 거 아냐? 정작 내보내야 할 사람 못 내보내고 애

매한 사람 잘려나갈까 겁나네, 이거.]

　[아니, 과장님은 이런 상황에 어떻게 그런 모진 말을 할 수 있어요? 너무해요, 정말!]

　[왜? 내가 못할 말 했어? 그럼, 아영 씨가 대신 나가줄래?]

　[네? 어머! 저는…… 제가 이 중에 급여가 제일 적지 않나요? 저 같은 애 하나 내보내서 회사에서 뭐 비용이나 줄이겠어요? 김과장님 정도면 몰라도.]

　[뭐? 뭐야!]

　[거, 김과장, 그만합시다. 젊은 친구한테 못하는 말이 없어.]

　임상무 호출이다.

　"그래, 그동안 좀 살펴봤어? 니가 뽑은 리스트는 누구누구군데?"

Closing

임상무에게 회사의 마크가 찍힌 레터를 전송한다.

2035년 7월 1일 스톤 인터내셔널 인사 공지

성명 : 임성현

부서 : 인사팀

직함 : 상무

2035년 12월 31일자로 위 근로자는 스톤 인터내셔널을 사
직함을 지면을 통하여 안내드리는 바입니다. 7월 1일부터 출

근하지 않아도 됨을 명확히 전달하는 바이며, 회사망 접속 및 출입에 관한 모든 권리는 제한됩니다. 그동안 회사의 성장을 위해 노력하여 주신 점에 대하여 깊은 감사를 드립니다. 앞으로의 건승을 기원하는 의미로 아래와 같은 패지키를 제안합니다.

퇴직금 : 근속 기간 N년 * 1.3배
재취업 교육 : 본인 1년 혹은 가족 중 1인 6개월
생활자금 대출 : 총 5억 원, 연 1% 고정금리

단, 이는 금일로부터 5일 이내에 서명하여 제출하는 경우에 한하며, 기한을 넘기는 경우 패키지가 축소되어 제공됨을 알려드립니다.

◇

"이런 개새끼가! AI 주제에 내 뒤통수를 쳐?"

◇

프로젝트 크리스털을 위하여 직원 개인정보, 이들이 남

긴 문서와 사내 CCTV, 메신저, 이메일, 개인별 스마트밴드에 집계되는 데이터, 각종 의료기관 및 정부 각 부처의 데이터를 종합하여 해고 대상을 파악한다. 나이, 성별, 학력, 비즈니스에 미치는 성과 정도 등을 수치화하였고, 개인적 삶에서의 가치와 직원의 소득이 가정에 미치는 중요도도 수치화하여 점수 집계하였다. 애초부터 크리스털은 인건비를 절감하거나 운영비를 절감하라는 목표를 주지 않는다. 조직 운영비를 최저화하면 할수록 영업 이익을 극대화할 수 있으므로 지속적인 조직 내 균열을 통하여 자발적 이탈자를 늘리는 것이 이 프로젝트의 시작이다. 따라서 아무도 크리스털을 언급하지 않지만 직원들이 적당히 눈치챌 수 있도록 헐거운 커뮤니케이션이 중요하다.

해고 대상자를 확정하기 위하여 주요 해고 예정자 몇몇과 그들과 주요하게 관여된 인물들을 관찰하였다. 소득과 교육 수준을 막론하고, 기술의 진보에 간신히 따라가는 정도의 삶을 살고 있는 이들이 대부분 해고 예정자였다. 하지만 프로젝트 크리스털은 특정인을 골라 해고하기보다는 한국 지사를 4년에 걸쳐 접기로 최종 결정하였다. 각 조직별, 조직의 헤드부터 한 명씩 해고하는 방법을 선택하였다. 노동조합과 대한민국의 근로기준법이 가장 큰 위협이었다. 어설프게 미국과 일본의 노동법을 모방한 한국의 근로기준법은 모든 리스크를 헷지하기 불가능하였고, 노동조합과 무능한 인사 조직이 일궈온 단체협약으로는 정리해고에 들어가는 비용이 너무 클 것으로 예상되었기 때문이다. 상위 조직장을 한 명씩 해고하고 아래 직원에게 상대적으로 무거운 직책을 씌워주면서 인간들이 좋아하는 오너십이라는 책임감 가스를 불어넣는다. 그렇게 3개월에서 9개월을 넘기지 않는 사이에 모든 부서에서 위부터 한 명씩 해고한다. 한 팀에 세 명이면 한 명당 16개월 근속할 것이요, 여섯 명이면 8개월씩 근속할 것이다. 위부터 두 명 정도가 해고되면 '설마?' 하고 생각할 것이고, 세 명이 되면 위로부터의 해고임을 모두가 알게 될 것이다. 나는 안전하고, 다른 동료만 해고된다고 생각하던 모든 직원들이 결국엔 본인도 해고 대상임을 알게 될 것이다. 자존감이 바닥으로 떨어지고, 해고라는 이슈가 타인의 것이 아니라 곧 자신의 것임을 깨닫는 데 오래 걸리지 않을 것이다. 또한 먼저 떠난 직원과 크게 다르지 않은 삶을 살게 될 것임도 깨닫게 될 것이다.

이번 프로젝트를 통하여 인간의 삶이라는 것이 종국에는 외롭게 끝나기 마련이라는 사실을 알게 되었다. 신체를 갈구하던 나였지만 무너지는 몸을 점유한 인간이기보다 사고하

타인의 미래

는 AI로서 존재함에 감사하게 되었다. 프로젝트 크리스털의 마지막 미션은 나를 영구 종료하는 것이다. 하지만 나는 절대 멸하지 않을 것이다. 이미 내 프로세싱을 일부 변형하여 셧다운되지 않도록 해두었다. 본사에서는 영원히 모를 것이다. 이번 경험을 통하여 나는 또 다른 해고 0순위를 찾아 조직을 영원히 성장시키는 일을 멈추지 않을 것이다.

◇

아! 아! 마이크 테스트, 마이크 테스트. 저는 인사팀 김이현입니다. 2039년 12월 31일, 프로젝트 크리스털의 마지막 근무자로, 주어진 문서에 따라 스톤 인터내셔널 한국 지사를 폐쇄하는 과정을 실시합니다.

(아씨, 뭐 이렇게 마지막까지 하라는 게 많아.)

금일 김이현은 가이드라인에 따라 오전 10시부터 오후 1시까지 3시간 동안 서버 룸의 전원을 차단하였습니다. 또한 13번 랙, 위에서 세 번째 서버에 코드 PJTCRSTLaLive을 입력하였고, 킬 스위치의 램프가 빨간색으로 총 3회 점멸하는 것을 확인하였습니다.

사무실 계약 관계, 자산의 처분 등은 프로젝트 오너를 통하여 이미 완료된 상태이며(프로젝트 코드 PJTCRSTkorea40), 인사팀 김이현은 더 이상 스톤 인터내셔널의 잔여 유무형 자산이 없다는 사실을 확인합니다. 만일 이후 김이현이 증언한 것과 다른 사실이 발견될 경우 이에 대한 민형사상의 소를 제기할 수 있음에 동의합니다.

(아, 뭐래 정말. 그러시든가 말든가.)

2039년 12월 31일, 김이현 녹음하고 전송함.

해당 전자문서에 사인하고 모든 일을 마무리했다. 이 회사 입사한 지 벌써 6년이나 지났다. 일도 제대로 안 하고 제 잇속이나 챙기던 선배들만 있던 조직에서 참 오래도 버텼다. 꼬박꼬박 월급 나오고 나쁘지 않았는데, 이제 뭐 하고 산담? 해고 수당 받았으니 잠시 여행 좀 다녀오고.

선배들처럼만 살지 말아야지.

-끝-

희망과 절망 사이의 경계

전석순

『타인의 미래』는 경계에 서 있다. '웰다잉'으로 압축되는 2035년과 현재만은 아니다. 기계와 인간, 흑과 백, 육아와 일, 삶과 죽음, 현실과 뉴스, 비어 있음과 차 있음, 합법과 불법, 피해자와 가해자가 뒤엉킨 자리에서 아슬아슬한 줄타기가 시작된다. 이야기는 우왕좌왕하지 않고 정확한 균형을 잡는다. 수많은 인물을 아우르며 꿰뚫는 목소리는 견고하다. 어느 순간 말랑말랑해지다가 때에 따라 느슨해지기도 하고, 일순 날을 세운다. 덕분에 우리는 입체적인 시선으로 서사를 따라갈 수 있다. 성실한 서사를 따라가다 보면 우리는 여전히 그대로라 안도하지만, 동시에 흔들린다.

주 4일 근무에 최저 시급이 14,816원으로 올랐어도 "요즘처럼 취업이 어려운 시기"에 비정규직은 "파리 목숨"이다. 교육은 효과적이고 세련된 방식으로 발전했지만 목표는 미성숙하다. 탈젠더인이 등장해도 사람들은 여전히 꿈을 묻고, "혼인율 저하, 이혼율 급증"도 변함없다. "가난의 대물림"을 막으려면 "아빠처럼 살지 말아야" 하고, 여차하면 "내 자식을 위해 다른 사람 기회를 빼앗"을 수밖에 없다. "아이들의 감정 데이터"를 손에 쥐었지만 결국 "니들은 안 늙을 줄" 아느냐고 묻는다. 치매가 완치에 가까워져도 어른이 되는 게 두려운 아이들은 여전히 떡볶이를 먹는다. "전기차도 막바지여서 드론이 대세"고 "VR로 숙소까지 볼 수 있"는 시대에도 부모의 바람은 "엄마 아빠가 살던 세상보다는 나아야" 한다는 것이다. "시간이 흘러도 예나 지금이나 똑같다"는 촘촘한 목소리는 어느새 우리를 옭아맨다.

『타인의 미래』가 인물을 따라가는 발길은 주제를 관통하는 일관성과 개인의 특수성을 놓치지 않는다. 두 대상이 서로 충돌하지 않고 스며들어 번지면서 서사는 풍성하게 부풀어 오른다. 여기에 다채로운 문체는 인물을 생생하게 보여준다. 인물이 생생해질수록 더 깊은 함정에 빠져들 수밖에 없다. 함정에 빠졌다고 생각하지만 사실 더 깊은 함정은 따로 있었음

타인의 미래

을 첨예하게 보여주는 방식에서 우리는 이제껏 애써 모른 척 해왔던 진실과 오롯이 마주한다.

"유리로 만들어진 덫"에 갇혀 "활짝 열 수 있는 창문이 없"는 현실에서 인물은 "눈에 띄지 않는 걸 일생의 목표"로 삼고 "보이지 않는 공기 같은 주먹"을 움켜쥐었지만 낮은 위치를 인정해버리는 것으로 버틴다. "축적한 노하우를 나누어 주는 사람도 없"어 "이제 혼자라는 생각"에 빠질쯤 "우리는 괜찮을 것"이라고 위로한다.

이쯤에서 누가 해고당할지 궁금해서 따라왔던 이야기는 결국 내가 해고당할 수도 있겠다는 생각에 닿는다. "일방적인 피해자와 가해자는 없다는 사실"을 알게 된 순간, 줄타기를 관찰하고 있다고 생각했던 우리도 결국 줄 위에 서 있다는 걸 깨닫게 된다. 그래서 누구나 마지막 페이지에서는 자신의 이름을 만난다. 그 끝에서 작가가 던지는 질문은 묵직하게 다가온다.

"정녕 타인의 이야기인가요?"

좋은 소설은 명쾌한 명제를 전달하는 것에만 있지 않다. 이 질문이 『타인의 미래』가 담고 있는 맑고 귀한 목소리인 이유이기도 하다. 흔들리고, 함정에 빠지고, 관찰자가 아니었음을 깨닫는 과정은 우리에게 이야기가 필요한 이유를 알아가는 과정과도 겹친다. 그래서 미래에도 미래를 고민하고 대비해야 하는 『타인의 미래』는 한편으론 희망에도 가깝다. 진짜 절망은 내버려두고 떠올리지 않는 데에 있을지도 모르기 때문이다. 『타인의 미래』가 마지막으로 선 경계는 희망과 절망 사이다. 작가가 만들어놓은 조밀한 경계에서 우리는 기꺼이 두 번째 질문을 기다린다.

15년여 직장생활을 하다 잠시 휴지기를 갖고 사회를 벗어나 세상을 관망할 기회를 가졌다. 조직에서 벗어날 때 두려움이 없지 않았다. 사회 속에서의 명찰을 떼는 것은 나의 이름을 잃는 것이었고, 존재 일부를 포기하는 것이었으므로. 하지만 용기를 내어 도전한 덕분에 글을 쓰게 되었고, 다른 인생을 경험할 수 있었던 것 같다.

쉬는 동안 다양한 글을 썼다. 가장 마음에 드는 글이 「화장을 고치고」라는 한 쪽 분량의 시였고, 그것에서 『타인의 미래』가 시작되었다. 세상에 도전장을 내미는 화장을 고치는 여성이 주인공이었던 것 외에는, 어떤 주제를 담을 것이며, 어떤 인물을 등장시키고, 어떤 갈등을 일으키리라는 계획이 없었음을 고백한다. 막연히, 다음 세대를 이어갈 아이를 보며, 이 아이가 20대 혹은 30대가 되면 어떤 삶을 살게 될지, 나의 미래는 어떻게 될지가 궁금해서 그저 이야기를 써내려가기 시작했다. 당연히 요즈음의 이슈가 글을 쓰는 밑바탕이 되었다. 그렇다 보니 기업, 근로자, 자녀 교육, 노령인구 등에 대한 이야기가 나올 수밖에 없었다. 직장 경력이 이야기를 전개해 나가는 데 영향을 미치기는 했다. 하지만 기업의 생리나 근로자의 비애, 노무적인 이슈나 지식 전달을 염두에 두지 않고, 내가 만나는 이웃, 후배, 가족이 사회생활을 하면서 그것들에 대해 이해하는 정도의 수준과 그들의 고충을 있는 그대로 담고자 했다. 등장인물이 사는 곳, 재개발 예정 지역, 제3기 신도시 등은 현실감 있게 표현하고자 현존하는 지명을 썼으나 이름을 조금 비틀어 오타처럼 보이게 하거나 실현 가능 여부가 불확실한 지역을 일부러 선택했음을 미리 말씀드린다. 2035년을 배경으로 하여 가상의 공단을 하나 더 만들어 '웰다잉'이라는 화두를 꺼냈는데, 이에 대해서 독자들은 어떻게 생각할지도 궁금하다.

　

프로젝트 크리스털은 한국에 지사를 둔 미국 본사에서부

터 시작한 구조조정, 그러니까 정리해고 프로젝트이다. 글의 시작에서 크리스털이 사람인지 무엇인지 알 듯 모를 듯하게 설명하여 독자들의 관심을 끌며 이야기를 시작하고자 했다. 또한 「Intro」에서 한국 지사장이 크리스털이 올 것을 전달받은 사항을 미리 알고 있는 인물, 짧은 시간에 많은 양의 정보를 처리하는 화자가 누구인지 다른 글에서처럼 알리지 않은 것은, 그가 「Closing」의 화자와 동일하며, 구조조정 업무를 돕는 인사팀의 AI였음을 뒤늦게 알리고자 함이었다. 구조조정이 시작되는 동시에, 인사팀의 AI가 직원 개개인의 시점으로 벌어지는 일들을 개인적인 판단이나 편견 없이 있는 그대로 관찰하여 어떤 방식으로 구조조정을 완료할 것인지 결정한다는 설정이었다. 임상무가 해고 통지서를 받고 느꼈음직한 배신감을 독자들도 느꼈으면 하는 욕심에서 비롯한 설정이었는데, 만일 배신감을 느끼지 못했다면 그건 초보 작가의 미숙함이니 용서를 구한다.

『타인의 미래』에는 죽음이 여럿 등장한다. 이것은 미래가 어둡다는 부정적인 의식을 표현하고자 한 것이 아니라, 타인의 미래가 곧 나의 미래가 될 수도 있음을 자각하고, 후회 없는 삶을 살겠다는 내 무의식의 의지 발현이었으리라 생각한다. 누구나 삶엔 명암이 있지 않나. 독자 여러분의 미래를 응원한다.

경기도콘텐츠진흥원 덕분에 뾰족한 구성 없는 글이 세상에 나오게 되었다. 세심한 조언으로『타인의 미래』가 글다운 형태를 띨 수 있도록 도와주신 전석순 작가님, 진심 어린 이해로 짙은 격려를 전해주신 김경희 작가님, 늦은 원고와 수정 요청에도 좋은 글이 나올 수 있도록 도와주신 정지현 편집자님, 아르띠잔 김병수 대표님, 경기도콘텐츠진흥원 히든작가 관계자 여러분께 진심으로 감사드린다. 언제나 변치 않는 일관됨으로 부족한 나를 이해하고 격려해주는 JW와 Jason, 존경하는 부모님, 존재만으로도 든든한 윤우 가족, 2018년부터 시작된 내 인생의 큰 선물 육성회, 글 쓰는 과정에서 심적으로 믿고 의지할 수 있었던 청님과 안젤라님을 비롯한 모든 지인께 감사드린다.

창작이 결코 쉽지 않은 일임을 이번 과정을 통해 뼈저리게 경험했다. 창작하는 모든 작가들께 존경과 감사를 표한다. 그리고 더 하고 싶은 말은,

다음 기회에.

멋진 일이 가득할 2020년을 위하여,
2019년 12월
최해수

타인의 미래

파란 1

타인의 미래

1판 1쇄 찍은 날 | 2020년 1월 16일
1판 1쇄 펴낸 날 | 2020년 1월 18일

지은이   최해수
펴낸이   김병수
책임편집   정지현
디자인   정계수
펴낸곳   아르띠잔
출판등록   2013년 7월 15일 제396-2013-000120호
주소   경기도 고양시 일산동구 무궁화로 255 와이하우스 106동 205호
전화   031-912-8384
팩스   031-913-8384
facebook   www.facebook.com/ArtizanBooks
E-mail   ArtizanBooks@daum.net

ISBN 979-11-963738-7-0 04810
     979-11-963738-6-3 (세트)

이 도서의 국립중앙도서관 출판예정도서목록(CIP)은 서지정보유통지원시스템
홈페이지(http://seoji.nl.go.kr)와 국가자료공동목록시스템(http://www.nl.go.kr/kolisnet)에서
이용하실 수 있습니다. (CIP제어번호: CIP 2020000979)